LA BÊTE NOIRE

Collection dirigée par Glenn Tavennec

L'AUTEUR

Nadine Monfils est belge. Romancière et dramaturge, elle a publié près de quatre-vingts ouvrages, récompensés par de nombreux prix. Elle a écrit et réalisé un long-métrage, *Madame Édouard*, avec un casting prestigieux.

NADINE MONFILS

À KNOKKE-LE-ZOUTE !

Les folles enquêtes de Magritte et Georgette

LA BÊTE NOIRE
Robert Laffont

ISSN 2431-6385
ISBN 978-2-221-25021-1
Dépôt légal : juin 2021
Éditions Robert Laffont – 92, avenue de France – 75013 Paris

« La poésie est un art lumineux
Qui redonne aux mots
leur sens ténébreux. »

René Magritte

*À Bernard Noël, le plus grand écrivain et poète
de ce siècle, mon ange aux ailes de plumes
et de silences habités, qui, de là-haut,
veille sur nos souvenirs
dans les nuages de Magritte.*

*« Je te souhaite de mener à bien
pendant ce long séjour ton Magritte
et d'en recréer la présence dans ce monde qui,
sans le savoir, est peuplé de ses images...
À bientôt, je t'embrasse très tendrement.
Bernard »*

*À mon ami très cher Michel Joiret,
qui comme moi aime tant la mer du Nord.
Et à mon mec, qui joue avec moi
dans nos châteaux de sable.*

1.

Il était une fois un gamin qui avait enfermé la mer dans une boîte à mystères sur laquelle il avait collé des coquillages. Chaque fois qu'il voulait retrouver son insouciance, il l'ouvrait et les vagues déferlaient chez lui, emportant son chapeau boule et ses nuages noirs. Ne laissant qu'une palette de couleurs pour réinventer le monde.

René Magritte était content de sortir du train. Le trajet n'avait pas été de tout repos. En cette période de vacances, les passagers étaient surexcités.

Sa femme Georgette et lui aimaient la mer du Nord, avec ses villas dont certaines ressemblaient à des maisons de poupée. Selon l'état de leurs finances, ils y allaient avec leur petite chienne Jackie – un loulou de Poméranie blanc – qui adorait gambader dans le sable. Ils avaient toujours eu des chiens de cette race, alternant un noir et un blanc.

La côte belge n'était pas loin de Bruxelles. Magritte était fatigué. Il avait préparé une grosse expo et Georgette et lui avaient décidé d'aller se distraire à Knokke-le-Zoute, leur station balnéaire de prédilection. En plus, le Grand Casino lui avait consacré une grande salle qu'il avait décorée avec ses fresques. Au Zoute, il était chez lui.

— Rien de tel que l'iode pour se requinquer, avait décrété Georgette.

Chaque fois qu'ils allaient à la côte, ils séjournaient au même endroit, à l'hôtel de la Plage donnant sur la mer. C'était un hôtel chic mais familial et on s'y sentait comme chez soi. Georgette aimait beaucoup parce qu'on lui lançait du « madame Georgette » à tout bout de champ : « Tout va bien madame Georgette ? Besoin de rien madame Georgette ? », et que le personnel se souvenait de son prénom d'une année à l'autre. Elle faisait en quelque sorte partie de la famille ! René y retrouvait le tic-tac rassurant des pendules et le décor qui faisait penser aux salons de thé des vieilles ladies ou de Miss Marple. Tasses en porcelaine décorées de roses, buffet en bois foncé et fauteuils confortables recouverts de chintz. Ici, il était aussi à l'aise que dans ses pantoufles malgré le parfum de luxe que laissaient derrière elles les veuves argentées à la peau ridée par le soleil. Le personnel était aux petits soins pour la clientèle et voltigeait d'une table à l'autre, telles des mouches affairées soucieuses de satisfaire les moindres désirs et caprices de ces messieurs-dames. Le must est que leur chienne Jackie, qu'ils appelaient affectueusement Loulou, avait sa gamelle en faïence et quelques douceurs de bienvenue.

La chambre était dans le style du reste, avec une armoire flamande en chêne et un lit recouvert d'une parure fleurie assortie aux tentures. Chaque fois que René se trouvait dans un endroit où il se sentait bien, il avait coutume de dire : « On est ici comme dans un presbytère. »

Une fois leur valise déballée et les vêtements légers rangés dans l'armoire, les Magritte descendirent à la salle à manger, située dans une grande rotonde d'où on voyait la mer.

Au menu : croquettes de crevettes, bisque de homard et moules avec des frites, bien sûr ! Et pour accompagner ces délices des fonds marins, un petit chablis dont vous me direz des nouvelles.

Georgette avait mis sa belle robe à pois rouges assortie à la cravate de son mari. Ils s'amusaient souvent de ces clins d'œil amoureux. Ils se régalèrent ! Mais le garçon avait oublié de leur apporter le sel pour les frites. Leur voisin de table, un monsieur bien mis, veste cintrée, gilet en tissu rayé et chemise boutonnée jusqu'au cou, vit que la jolie dame lorgnait sa salière. Galant homme, il lui passa le sel. C'est ainsi que se noua une aimable conversation entre eux. Selon son habitude, René resta en retrait. Il était moins bavard que son épouse, toujours au premier rang pour les cancans. Par contre, il observait les gens en train de manger. Il adorait ça ! Ça lui venait de chez sa grand-mère, où un certain M. Zin se goinfrait, et le petit René, fasciné, regardait couler le jus de viande et la graisse de pommes de terre sur son menton.

Le monsieur se présenta :

— Bonsoir, je m'appelle Roger Doorman. Gégé pour les intimes.

Le genre de propos que Magritte détestait. Les familiarités, c'était pas son truc. Il se renfrogna et se concentra sur sa daurade, prenant soin de dégager chaque arête. S'étrangler un jour de pluie, passe encore ; pas en pleines vacances ! Il se fit la réflexion que cet olibrius devait sûrement tricher. Le ramage n'était pas en adéquation avec le plumage. Un peu comme la grenouille qui veut ressembler au bœuf.

— Vous êtes ravissante ! fit-il à l'égard de Georgette, qui se mit à roucouler.

Ah les femmes, pensa René, *toutes les mêmes ! Un loup qui les flatte et elles le suivent. Après elles s'étonnent de se faire avaler tout cru !* Il faillit écraser le pied de sa dulcinée sous la table… Cependant, il s'abstint. L'autre freluquet en gilet ne faisait pas le poids. Il avait les oreilles décollées genre le frère de Mickey.

— Nous sommes en vacances, mon mari et moi, précisa-t-elle. Un voyage en amoureux…

René sourit. *Ah ma Georgette, je t'ai sous-estimée sur ce coup-ci.* Belle remise en place, du genre râteau !

— Vous aussi vous êtes en villégiature ? demanda-t-elle.

Un mot qu'elle avait dû lire dans une revue chez son coiffeur. Et comme elle expliquait souvent à René, y a du vocabulaire qui donne de l'allure.

Roger Doorman et son gilet leur confia que non. Il était là parce qu'il n'avait plus de nouvelles de son épouse. Et il leur montra sa photo, à laquelle Magritte jeta à peine un coup d'œil, n'espérant qu'une chose, que ce gars leur lâche la grappe. Georgette semblait très intéressée et la trouva très jolie, élégante même, et quelle classe !

— Ce béret lui va bien ! s'extasia-t-elle.

— Oui. C'est moi qui le lui ai offert pour son anniversaire.

Et bla bla bla… De plus en plus courbé au-dessus de son assiette, René grommela :

— Mange ta daurade, mon p'tit poulet, elle va refroidir.

Le p'tit poulet fit la sourde oreille. Visiblement, ce joueur de ping-pong avait attisé sa curiosité.

— Vous n'avez plus de nouvelles depuis quand ?

— Depuis une semaine. Elle m'a écrit une lettre. Je sens qu'il y a quelque chose qui cloche. Elle est journaliste et photographe pour un magazine touristique et était déjà venue ici l'année passée. Vu que l'hôtel lui plaisait, elle y est revenue pour faire un reportage sur le Grand Casino.

— Oh ! Mon mari y a exposé ses œuvres ! Et il a réalisé une grande fresque que vous pouvez voir dans la salle Magritte, qui porte son nom. En plus, elle est éclairée par un beau lustre en cristal de Murano ! ajouta-t-elle avec fierté. On a le même chez nous dans la salle à manger, en beaucoup plus petit ! Et il ne vient pas de Venise, mais de Molenbeek.

Magritte ne résista plus à son envie de lui écraser le pied. Il n'avait absolument nulle intention de répondre aux questions de Roger Dobermann, ainsi qu'il le surnommait intérieurement. Chaque fois qu'il n'appréciait pas quelqu'un, il s'amusait à estropier son nom. Par chance, ce dernier ne connaissait pas le peintre. Ouf ! Il continua sur sa lancée…

— Le bourgmestre de Knokke, M. Lippens, a invité ma femme pour faire un reportage sur les événements de l'été. Au début de notre mariage, nous aimions prendre nos vacances à la mer. Daisy ne craint pas le climat humide de notre côte belge, elle est d'origine anglaise.

— Oh, j'aime beaucoup le plum-pudding, lâcha Georgette, qui voulait montrer qu'elle avait des connaissances culinaires dépassant le continent. Mon mari a un mécène à Londres.

— Oui, j'adore ça arrosé de cognac, répondit Roger l'élégant, qui venait d'éclabousser sa veste avec de la bisque de homard, pour le plus grand bonheur de Magritte.

C'est fou, pensa-t-il, *comme une bête tache peut tout gâcher et vous rendre con ! En plus il n'en a rien à faire, de mon mécène. La seule chose qui l'intéresse, c'est lui.*

Roger Doorman trempa sa serviette dans son verre et frotta. Ce qui eut pour effet d'agrandir la tache. René jubilait.

— Faut pas parler en mangeant, fit-il.

Georgette lui lança un regard outré. Son mari pouvait parfois être un parfait goujat. Elle ne pouvait cependant nier qu'il la faisait rire. Après un moment de silence, alors que l'autre était toujours occupé à essayer d'enlever sa tache, Georgette relança la conversation, plus parce qu'elle voulait en savoir davantage sur la mystérieuse disparition de cette femme que par politesse.

— Vous auriez pu l'accompagner, la côte est agréable l'été.

— Oui, sauf que pour son travail elle préfère être seule, et puis avec mon boulot c'est compliqué. Là, je suis inquiet. Nous nous sommes un peu disputés… C'est normal, ça arrive dans tous les couples, n'est-ce pas ?

Georgette ne cilla pas.

— J'ai montré sa photo à tout le personnel de l'hôtel. Daisy a bien séjourné ici et elle est partie à la date convenue avec son bagage, puisque sa chambre était vide.

— Elle a sans doute fait un petit détour, le rassura Georgette. Les femmes ont parfois besoin d'un peu d'évasion.

— Pas la mienne ! s'insurgea Roger Pitbull. Elle a tout ce qu'il lui faut à la maison et a suffisamment de liberté dans son travail.

Hé, hé, le molosse est jaloux… René venait de terminer sa daurade. Il avait hâte d'avoir son dessert pour pouvoir retrouver son lit et sa tranquillité. À part ses amis proches, il ne supportait les gens qu'à petite dose.

La gaufre de Bruxelles garnie de crème fraîche fit son apparition, merci saint Nicolas !

Après l'avoir engouffrée en un temps record, René se leva et souhaita bien le bonsoir. Georgette qui n'avait pas pris de dessert, attention à ma ligne je dois rentrer dans mon maillot, le suivit en se sentant obligée d'être aimable et de préciser à son voisin de table qu'ils venaient ici chaque été et prenaient toujours la même chambre, la 21, qui donne sur la mer. Mon mari aime plaisanter en disant : « Pareil que *L'assassin habite au 21* » de Stanislas-André Steeman. Il adore les romans policiers.

— Oh, nous serons aussi voisins de chambre, alors ! s'exclama Roger Grandes Oreilles.

J'espère que vous n'entendrez pas ronfler mon mari. Un vrai marteau-piqueur !

Et vlan ! Prends ça, René, c'est pour avoir tiré la tronche pendant tout le souper.

Le charmant Roger leur souhaita de faire de beaux rêves… Était-ce sarcastique ?

— À demain au déjeuner, lui lança Georgette, toute souriante.

— Demain je dois me rendre à Ostende pour régler quelques affaires. Nous nous verrons pour le souper. Bonne soirée.

Georgette prit le bras de son mari et ils traversèrent le hall, dont l'éclairage ocre donnait l'impression qu'il y avait toujours du soleil, même la nuit.

— Bon débarras ! marmonna René dans les escaliers.

— M'enfin, tu n'es vraiment pas sociable ! Ce pauvre homme n'a plus aucune nouvelle de son épouse. C'est terrible !

— Elle est sûrement partie en carrosse avec un prince plus charmant que lui, ce qui n'est pas difficile. Ce paltoquet n'a aucune classe. On dirait une noix de jambon dans un costume.

Et le voilà rhabillé pour l'été et pour l'hiver.

— Loulou tire sur sa laisse, on dirait qu'elle a envie de sortir, constata René. Je vais la promener sur la digue, monte te coucher, je ne vais pas traîner.

— Tu ne veux pas que je t'accompagne ?

— Non, mon p'tit bibi, je ne voudrais pas que tu risques d'attraper froid. Le vent s'est levé, les hommes tiennent leur canotier.

Georgette n'insista pas. L'idée de se glisser dans son lit douillet lui plaisait.

Fidèle à sa promesse, René ne s'éternisa pas. Alors qu'il s'apprêtait à regagner leur chambre, il croisa le voisin, qui semblait très contrarié. Il était sorti en claquant sa porte. Avait-il eu une mauvaise nouvelle ?

— Tout va bien ? s'enquit René.

— Parfaitement bien, martela-t-il d'un ton qui disait le contraire. Je vais prendre l'air.

Magritte le regarda s'éloigner. Il marchait d'un pas de militaire, donnant l'impression de partir en guerre.

2.

Le lendemain, après un copieux petit déjeuner, les Magritte foncèrent à la plage, profitons du soleil parce qu'ici il peut pleuvoir demain ! D'ailleurs Georgette avait prévu des vêtements de pluie et même un gros gilet et une écharpe « car le vent souffle et René est fragile de la gorge ».

Là, pas besoin ! Les vacanciers se paraient de l'or du temps. René et Georgette, suivis de Jackie visiblement heureuse de gambader dans le sable, se dirigèrent vers leur cabine de bain en bois. Chaque année, ils louaient la même, juste en face de leur hôtel. Rayée bleu et blanc avec un toit en pointe, elle contenait deux transats et quelques accessoires de jeu. Toutes les cabines avaient des prénoms. La leur s'appelait Lucienne et se trouvait devant une petite auto rouge en guise de repère. Partout sur la plage il y avait des piquets avec un bateau, un canard ou un poisson pour que les enfants retrouvent facilement leurs parents.

Georgette déballa son sac de plage et en extirpa leur bain de mer – noir pour René – et un grand essuie au cas où il aurait eu envie d'aller barboter. Elle le connaissait, il était frileux et se contentait souvent de courir vers les flots tel un grand sportif qu'il n'était pas, pour s'arrêter net à la première vague, prétextant que Loulou avait peur de l'eau… Pourtant, c'était malgré tout un bon nageur !

Georgette, elle, préférait feuilleter des magazines people allongée dans son transat ligné bleu et blanc, assorti à la cabine. Elle enfila son maillot rouge très seyant, accordé à son bonnet de bain. Et pour parfaire sa tenue, elle avait acheté des lunettes de star, presque les mêmes que celles de Marilyn Monroe. René aurait pu ressembler à n'importe quel touriste, si ce n'est qu'il gardait son chapeau boule !

Oh le bonheur intense que de se vautrer dans un transat, en plein soleil, en contemplant les nuages qui inspiraient Magritte, tout comme le vol des mouettes, et en écoutant le murmure de la mer…

Au loin, des fillettes avaient construit un château de sable autour duquel elles avaient disposé des fleurs en papier crépon roses, vertes et jaunes. Des fleurs qu'on avait envie de manger tant elles avaient l'air appétissant. Dans le ciel un cerf-volant en forme de papillon virevoltait. L'enfant qui le tenait était si petit qu'on aurait pu craindre qu'il s'envole avec !

René fit glisser son chapeau sur ses yeux et envisagea de piquer un petit somme. Le trajet en train avait été pénible avec ce voisin qui avait déballé son fromage de Herve, dégageant une puanteur dans tout le compartiment. Magritte aimait partir, mais n'appréciait guère les trajets, qu'il trouvait souvent éprouvants. Se trimballer les bagages et devoir supporter les autres passagers l'énervait au plus haut point. D'ailleurs, déjà pas bavard en temps normal, là il n'en pipait pas une.

À peine allait-il tomber dans les bras de Morphée qu'un ballon envoya valdinguer son chapeau dans le sable ! Magritte sursauta et grogna. Il détestait qu'on vienne troubler sa sacro-sainte quiétude, surtout un premier jour de vacances !

Il s'extirpa de son transat et alla ramasser son chapeau. En passant, il saisit l'horrible ballon, qu'il envoya vers la mer.

— Hé là, *meneer* ! *Pasop !*

Un grand dadais au pif rougi par le soleil surgit de derrière le coupe-vent, accompagné d'un morveux.

— Espèce de bachibouzouk, pouvez pas dire à votre mouflet d'aller jouer plus loin ? bougonna René.

— *Ik begrijp niet.*

— Qu'est-ce qu'y dit, le gyrophare ?

— Calme-toi René, fit Georgette, le gamin ne l'a pas fait exprès.

— Il a toute la plage et il vient juste ici taper son ballon sur mon chapeau !

— *Ik spreek vlaams, alstublieft.*

— Quoi ça ?

— Il ne parle pas français.

— Il pourrait faire un effort pour parler notre langue, le lampion de la foire du Midi !

— Ben et toi ? Tu n'as pas appris le flamand à l'école ?

— Y a pas de raison. Est-ce que lui a appris le wallon ?

— René, arrête avec ces querelles de clocher ! soupira Georgette. On est en vacances. Détends-toi, viens t'asseoir et regarde la mer.

Le gyrophare était parti chercher le ballon de son gamin qui poussait des cris de sauvage. Secrètement, Magritte souhaitait que la mer l'emporte. Le ballon. Pas le gosse.

Quoique…

3.

Magritte n'était pas cruel à ce point. Il avait juste l'humour vache. Sauf que quelques minutes plus tard, rebelote ! Cette fois, ce fut Georgette qui ramassa le ballon en pleine tronche.

— C'est pas vrai ! cria-t-elle.

— Ah, tu vois mon p'tit bibi ? Ça énerve, hein ?

René bondit de son transat, saisit le ballon et courut vers la mer, suivi de Loulou toute contente. Son mémaître allait jouer avec elle. Chouette !

Arrivé près des vagues, René tel un lanceur de javelot expédia l'objet de sa colère dans les flots. Bon débarras.

Il n'en avait rien à cirer des hurlements de l'avorton et de la colère du gyrophare.

Après avoir trempé ses pieds, ce qui relevait pour lui de l'exploit vu la froideur de l'eau, il rejoignit son épouse qui avait installé leurs transats un peu plus loin.

— Ainsi on ne sera plus embêtés, décréta-t-elle.

— C'est quand même incroyable ! éructa René. Premier jour de vacances et vlan ! tu te ramasses un boulet dans la tronche. Déjà qu'à Bruxelles on a des voisins qui nous pourrissent la vie… Les gens sont d'un sans-gêne, j'te jure ! En plus, faut être fou pour sortir par un temps pareil…

Qu'il pleuve ou qu'il fasse beau, il avait toujours plaisir à lâcher cette phrase.

Magritte adorait la photographie et il ne venait jamais à la mer sans son appareil qu'il planquait dans la sacoche de Georgette. Voyant sa femme ainsi alanguie dans son transat, il extirpa son appareil et la prit en photo. Il la trouvait très belle et ne se lassait pas de l'immortaliser dans ces moments de bonheur. Pour lui, les photos devaient donner aux êtres, aux objets, une fonction et un usage différent de l'habituel. Fixer l'invisible… Aussi ce qui l'intéressait dans cette image de son épouse, c'était cette ombre projetée par son chapeau sur son visage. Une sorte de double d'elle. En photo comme en peinture, Magritte posait la question de la représentation de l'identité par le visage.

Un marchand de boules de l'Yser traversa la plage en criant : « Boules de l'Ys'r ! » Il portait un bonnet et une veste blanche. Une sangle autour de son cou maintenait un plateau couvert de beignets fourrés à la crème pâtissière. Les Magritte en raffolaient. Et Loulou aussi.

Sauf que cette truffe suivit le marchand de beignets et que ses maîtres, occupés à se régaler, ne s'en rendirent pas compte…

Panique à bord ! Georgette était dans tous ses états. René la rassura :

— Je vais la retrouver mon p'tit bibi, ne t'inquiète pas, elle ne doit pas être bien loin.

— Et si on l'avait kidnappée ? Ou si elle avait été écrasée par un cuistax[1] sur la digue ? On aurait dû la tenir en laisse, je te l'avais dit !

René n'était pas pour attacher les animaux et chez lui les cages de ses oiseaux restaient toujours ouvertes.

1. Un cuistax est un engin à pédales pour une ou plusieurs personnes, caractéristique de la mer du Nord. Petit conseil : les plus malins vont derrière, comme ça ils laissent pédaler les autres…

C'est seulement quand il promenait sa chienne en ville qu'il lui mettait une laisse. Ici, elle ne risquait rien…

— Il me semble que je la vois là-bas, fit René qui cavala dans la direction du brise-lames.

Il appela Loulou « LOULOU ! LOULOUUUUU ! » de toutes ses forces mais la chienne ne se retourna même pas. Elle paraissait très affairée. Il s'en rapprocha et constata qu'elle était occupée à tirer sur quelque chose. Il se pencha et vit une main qui surgissait du sable, près des rochers.

4.

René creusa et découvrit un bras, puis il écarta quelques pierres près du brise-lames qui dévoilèrent un visage tout gris, comme la mer du Nord. Une couleur d'orage. Et de mort.

Il reconnut leur voisin de table avec qui Georgette avait sympathisé la veille. Ou plutôt à qui elle avait tiré les vers du nez, intéressée par la disparition de sa femme.

Roger Doorman avait perdu de sa superbe et le fixait de ses yeux vitreux. Visiblement il avait dû passer la nuit dans cette eau glacée. Que lui était-il arrivé ?

Un cri fit sursauter René. Inquiète pour sa chienne, Georgette les avait rejoints et découvrait ce funeste spectacle.

— Mon Dieu ! s'exclama-t-elle. Tu crois qu'il s'est noyé ?

— Je n'en sais rien. C'est possible. Les gens sont imprudents. Il n'est pas recommandé de se balader sur le brise-lames la nuit, on peut être pris par les vagues quand la mer est déchaînée. Hier soir je l'entendais râler quand j'ai ouvert la porte qui donne sur le balcon. Il a dû glisser… En tout cas, il avait l'air énervé quand je l'ai croisé dans le couloir.

— Et s'il s'était suicidé par désespoir ? supposa Georgette.

Aussitôt, elle s'en voulut d'avoir fait cette réflexion et de remuer de douloureux souvenirs chez son mari, dont la mère s'était suicidée dans les eaux de la Sambre… Mais René avait cette faculté de ne rien laisser paraître, comme s'il avait enfermé ces jours de pluie dans une boîte bien verrouillée.

— Enfin, réfléchis mon p'tit poulet. C'est pas plausible, puisqu'il cherchait sa femme.

— Ben quoi ? Il a pu la trouver ! Et imagine qu'elle lui ait annoncé qu'elle ne voulait plus vivre avec lui… Souviens-toi qu'il a parlé de leur dispute.

— C'est pas parce qu'on se dispute qu'on se quitte.

— Tout le monde ne réagit pas comme nous. Et puis il avait dit qu'il devait se rendre à Ostende, lui rappela Georgette.

— Il a pu changer d'avis.

— Mmm… D'après l'état de sa peau il a sûrement dû passer la nuit dans l'eau. Oh, regarde ! fit-elle en se penchant sur le cadavre. Il a un tatouage sur le poignet.

On pouvait lire : *Daisy*. Et en dessous, une rose.

— Il devait sacrément l'aimer pour faire ça, conclut Georgette.

— Y a un truc qui dépasse de la pochette de sa veste…, constata René.

Sans hésiter, Georgette tira sur le papier. Et elle fouilla ses autres poches au cas où il y aurait quelque chose d'intéressant. Il n'y avait rien, à part la photo de sa femme qu'il leur avait montrée pendant le repas. Elle était délavée, pourtant on la reconnaissait quand même.

— Georgette ! Tu sais que tu es en train de détrousser un cadavre ?

— Pas du tout. Je cherche des indices. Parce que si tu veux mon avis, ce type connaissait la mer. C'est pas la première fois qu'il venait à la côte. Il nous a dit qu'au début de son mariage il prenait ses vacances ici avec son épouse. Donc, il était parfaitement au courant du danger de se promener sur ces pierres glissantes. Surtout quand il fait noir et qu'on ne voit rien.

— Il a quand même flûté une bouteille de vin à lui tout seul hier… L'alcool libère la folie.

— Ah, tu as remarqué ça toi ? Malgré que tu as passé le souper à faire les yeux doux à ta daurade…

— Te voilà jalouse d'un poisson maintenant ! Tu as raison, admit-il. Cette daurade me regardait avec tant d'admiration ! Elle semblait subjuguée par mon physique avantageux.

— Ah ! Ah ! Tu veux que je te rappelle comment t'a décrit ce journaliste du *Soir* ? Petit, trapu et dodu…

— Il n'avait pas ses lunettes cet abruti. Le peuple qui vit dans la mer n'a pas le regard abîmé par des critères imbéciles, décréta René.

— Pour moi, tu es le plus beau, lui assura Georgette. Et j'adore quand tu souris ! On voit tes dents du bonheur…

Magritte avait les deux dents d'en haut un peu écartées et cela lui donnait un sourire à la fois enfantin et coquin qui reflétait bien l'adulte qu'il n'avait pas voulu devenir. « Un artiste ne grandit jamais, disait-il souvent. Il passe sa vie à chercher son enfance… Car son plus grand trésor est l'insouciance. »

— Ne restons pas là, conseilla René. On va attirer les touristes qui vont finir par se demander ce qui se passe. Rentrons à l'hôtel et allons avertir la police.

— Tu penses que c'est une bonne idée ? Ils vont nous suspecter et nous bombarder de questions. Tout le monde hier nous a vus discuter avec lui dans la salle à manger et en plus, on est voisins de chambre.

— Tu as raison mon p'tit bibi. Je vais aller donner un coup de fil anonyme depuis une cabine téléphonique.

Georgette glissa l'enveloppe dans le décolleté de son maillot et prit Loulou dans ses bras.

— Allons nous changer dans la cabine, décréta-t-elle. Et je te propose qu'on aille faire un tour pour pas éveiller les soupçons. Ce serait louche de rentrer à l'hôtel à cette heure où tout le monde profite de la plage.

Ils se dirigèrent vers leurs transats, qu'ils replièrent pour les ranger. Aussitôt à l'abri des regards, Georgette extirpa l'enveloppe de son corsage. Elle contenait une lettre à en-tête de l'hôtel de la Plage. Heureusement, elle était tapée à la machine, sinon elle aurait été illisible. Elle était signée *Daisy*. Roger Doorman leur en avait parlé la veille sans entrer dans les détails.

Roger,

Je n'en peu plus de nos disputes. Et je ne t'aime plus. Ne cherche pas à me rejoindre. Je m'en vais loin de toi. Notre histoire est finie depuis longtemps et tu le sais, malheureusement tu ne veu pas l'admettre.

Prends soin de notre chien.

Daisy

— Voilà qui change tout ! fit Georgette.

Elle passa la lettre à René qui la lut attentivement. Roger Doorman ne leur avait pas parlé de rupture. Mais de disparition. Il était dans le déni et se faisait encore des illusions… Donc, il aurait très bien pu se suicider par désespoir, comme l'avait suggéré Georgette. Pourtant, il avait l'air de vouloir la retrouver.

— Tu as vu, elle est fâchée avec les x, lui fit remarquer son mari. Pour une journaliste, c'est embêtant.

— Elle n'a pas pu faire de fautes d'orthographe, tout le reste est impeccable.

— Tu as raison, c'est sa machine à écrire qui ne les aime pas.

— René, y a quelque chose de pas net, je le sens…

Au loin, la mer grondait comme si elle annonçait une tempête.

5.

Après avoir appelé la police pour signaler la découverte du cadavre au bout du brise-lames en face de l'hôtel de la Plage, René raccrocha avant qu'on lui pose des questions. Georgette et lui décidèrent d'aller se promener sur la digue pour essayer de se changer les idées après cette macabre découverte. Georgette ne pouvait cependant chasser de sa mémoire le visage du cadavre qui la fixait de son regard vitreux, alors que la veille il lui faisait les yeux doux. *Curieux,* se dit-elle, *pour quelqu'un qui est amoureux de sa moitié au point de se faire tatouer son prénom sur son poignet !* Souvent les gens confondent amour et possession… Selon ses dires, sa femme était assez indépendante et voyageait seule pour son métier. Le vivait-il bien ?

Georgette était curieuse de savoir ce qu'elle écrivait. Roger Doorman n'avait pas mentionné le nom de la revue touristique pour laquelle elle travaillait. Ce ne devait pas être bien difficile à trouver. Daisy signait-elle ses articles sous son nom de femme mariée ?

Perdue dans ses pensées, Georgette faillit se faire renverser par une gamine en cuistax qui pédalait comme une dératée.

— Dominique ! Roule moins vite ! Tu as failli écraser la dame, s'écria celle qui devait être sa mère. Excusez-la, fit-elle en s'adressant à Georgette, c'est un vrai garçon manqué.

— Ce n'est rien, y a pas de mal. J'aurais dû faire attention aussi.

— Regardez-moi cette sauvage qui frôle le bord de la digue ! Elle va se retrouver dans le sable si ça continue. Seigneur ! On ne devrait jamais emmener ses enfants en vacances. Je me demande ce que je vais en faire, grommela-t-elle.

— Une directrice d'école, plaisanta Magritte qui suivait avec Loulou.

Ils marchèrent jusqu'au bout de la digue où se trouvait la librairie L'Évasion. Les Magritte entrèrent et pendant que René allait regarder les livres d'art, Georgette partit feuilleter les revues touristiques. Il n'y en avait que deux sur la région et elle eut vite fait de parcourir les articles et de repérer celui de Daisy Fox. Son prénom n'était pas courant ici et son mari avait précisé qu'elle était d'origine anglaise. Ce ne pouvait être qu'elle. Elle se dirigea vers la caisse avec sa revue quand elle entendit râler son René, le nez plongé dans un gros bouquin consacré aux peintres belges. Il y figurait au même titre que James Ensor, Léon Spilliaert, Félicien Rops et… Paul Delvaux. Là n'était pas le pire… Les reproductions de leurs peintures étaient côte à côte !

— Quel est l'abruti qui m'a mis sur la même page que Delvache ! rumina-t-il.

— René, calme-toi, c'est pas bon pour ta tension. Elle va encore grimper.

— J'ai bien le droit de m'insurger quand même !

Les peintures de Delvaux ne déplaisaient pas à Georgette et ces jeunes filles dans les gares vides attisaient son côté romanesque. Elle aimait imaginer vers quelle destination mystérieuse elles se rendaient. Quel homme ténébreux les attendait dans le compartiment ? Et ces trains fantômes menaient-ils à la mort ? Elle n'osa jamais avouer à son mari que ces tableaux la faisaient rêver. Souvent, quand Carmen venait faire sa journée de ménage, c'est-à-dire s'asseoir dans le canapé devant la télévision, Georgette la questionnait dans la cuisine au moment de la pause-café. Elle l'enviait d'épousseter les toiles de Delvaux. Comment était-il ? Comment était sa femme ? En était-il amoureux ? Dès que René apparaissait, elles changeaient de conversation.

Un jour, elle avait confié à René qu'elle n'était pas insensible à cette peinture et il l'avait toisée pire que si elle venait de lâcher un gros mot. Aussitôt, elle s'était empressée d'ajouter : « Cela dit, il est vrai que c'est très répétitif ! »

Son mari avait beaucoup plus d'imagination, c'était évident.

Elle l'entraîna vers la caisse et lui montra la revue contenant l'article écrit par Daisy.

— Pourquoi tu veux lire ça ? s'étonna-t-il. Son époux est en train de macérer parmi les moules et la police va se charger de rapatrier son corps. L'affaire est close. Il est clair que cet abruti devait être saoul et qu'il a glissé dans l'eau. Il n'avait pas de trace de strangulation.

— Tu en es sûr ? Tu as bien regardé ?

— Ma foi… Il me semble, fit René qui commençait à douter. Ça ne doit pas être le premier couillon de touriste qui se laisse prendre par la mer. Les flics ici ont l'habitude. Demain l'affaire sera classée. De toute manière, que veux-tu qu'ils cherchent ? Tu lui as fait les poches et en plus tu as piqué la seule chose qu'il avait sur lui : la lettre de sa femme. C'est une extorsion de preuves !

— Pas du tout ! se défendit Georgette. Même s'ils avaient trouvé cette lettre, que voulais-tu qu'ils en déduisent ? Qu'un pauvre type venait de se faire plaquer et que, désespéré, il était allé se jeter dans la mer ou qu'il avait glissé par imprudence. Et alors ?

— Et alors ? Pourquoi tu as chipé cette lettre et pourquoi tu t'intéresses aux articles de cette femme ? Me dis pas que tu n'as pas une idée derrière la tête…

Georgette regarda son mari avec ses grands yeux bleus et lui adressa ce petit sourire énigmatique qu'il connaissait bien et qui lui annonçait que les vacances n'allaient pas être de tout repos.

6.

Georgette était persuadée que Roger Doorman ne s'était pas suicidé et croyait encore moins qu'il avait glissé sur les rochers. Lors de leur conversation la veille, elle l'avait senti trop obnubilé par l'idée de retrouver son épouse. Cet homme dégageait quelque chose d'obsessionnel. Elle l'avait remarqué quand il s'était assis. La première chose qu'il avait faite, c'était de remettre son verre bien en face de son assiette et d'aligner ses couverts. *Idem* quand Georgette lui avait rendu la salière et l'avait posée près du porte-salière et poivrier en forme de cygne argenté : il s'était empressé de lui rendre sa juste place.

Occupé à bougonner au-dessus de sa daurade, René n'avait évidemment pas prêté attention à ces détails qui pour Georgette reflétaient la personnalité maniaque de son voisin. Il avait en plus passé le reste du repas à tenter de faire disparaître la tache sur sa veste qui semblait beaucoup le contrarier.

Et quand on est aussi pointilleux, pensa Georgette, on ne commet pas d'imprudences et on ne va pas prendre des risques sur un brise-lames en pleine nuit. Et si on a l'intention de se suicider, on ne fait plus gaffe à ces détails comme de garder son verre dans la symétrie de son assiette. On s'en fiche, de tout ça. Ainsi que le chantait

Brel, dont elle n'oubliera jamais ce concert où il les avait invités à l'Ancienne Belgique, à Bruxelles :

« À mon dernier repas
[…]
J' chanterai à tue-tête
À la mort qui s'avance
Les paillardes romances
Qui font peur aux nonnettes… »

Quand on sent qu'on va mourir ou si on a dans l'idée de se suicider, on fait ripaille et on ne pinaille plus.

Elle fit part de ses intuitions à René, qui trouva une certaine logique dans ses déductions et salua son sens de l'observation. Lui aussi scrutait le monde qui l'entourait, par contre ce « Dobermann » il ne lui avait trouvé aucun intérêt et il aurait préféré être en tête à tête avec Georgette. Même quand ils ne se parlaient pas, il y avait cette complicité entre eux. Si rare, construite depuis toutes ces années, depuis le jour où il l'avait connue petite fille, à Charleroi. La vie les avait séparés ; le père de René était un flambeur, coureur de jupons et nomade. Quand par hasard René avait retrouvé Georgette dans les jardins du Botanique à Bruxelles, l'âme sœur était toujours là, intacte. Elle était devenue une magnifique jeune fille dont il était tombé fou amoureux. Certes le temps et le quotidien transforment le désir, mais leurs sentiments étaient encore plus forts. Les Magritte étaient pareils à ces oiseaux inséparables.

L'ennui est source d'inspiration pour qui a de l'imagination. Et tandis qu'il fixait sa daurade, une idée avait germé chez René. De l'idée naissait une image et il en faisait un « tââbleau » comme il disait. « Parce que si vous trichez avec votre accent, vous trichez avec votre cœur », prétendait sa grand-mère.

Là, il vit, échoué sur le sable avec la mer au loin, le corps d'une sirène inversée. Elle avait des jambes de femme et le reste était un gros poisson qui fixait celui qui le regardait d'un œil interrogateur et un peu triste. Cette bête étrange avait l'air de se demander ce qu'elle faisait là. La sirène a toujours attiré les marins pour sa beauté et sauvé ceux qui se perdaient en mer. Magritte s'amusait à inverser les mythes. Ici elle n'était pas belle. Elle interpellait. Dès son retour à Bruxelles, sur son chevalet posé entre la porte et la table de la salle à manger, il peindrait ce qui allait s'appeler *Les Profondeurs du plaisir* et que, plus tard, il considérerait comme un de ses chefs-d'œuvre. Il puisait toujours son inspiration parmi les éléments du quotidien. À ceux qui demandaient quel était le rapport entre cette peinture et son titre, il répondait : « Dans les circonstances – banales en apparence – où cette femme est placée, il me semble que l'on puisse atteindre les profondeurs du plaisir. »

Cette image lui fit penser à cette phrase de Diderot : « C'est au goût de créer des monstres. Je me précipiterais peut-être entre les bras d'une sirène ; mais si la partie qui est femme était poisson, et celle qui est poisson était femme, je détournerais mes regards. »

Il avait parlé de son idée à Georgette et lui avait raconté comment elle lui était venue.

— À quoi ça tient, hein, René ! Tu te rends compte ? Si je n'avais pas demandé le sel à ce monsieur, tu n'aurais peut-être jamais imaginé cette femme-poisson ! Rien que pour ça tu peux le remercier.

Ce qui turlupinait René, c'est que souvent, quand naissait l'idée d'un tableau, il existait un lien avec l'enquête qu'ils menaient tous deux. Il devait bien l'admettre, même s'il repoussait cette impression car il ne croyait guère aux liens surnaturels.

Sa sirène à l'envers avait échoué sur la plage et allait y mourir. Un peu comme Roger Doorman. Ou cette vision annonçait-elle autre chose de bien plus étrange encore ?

Les Magritte décidèrent qu'ils pouvaient rentrer à l'hôtel sans éveiller l'attention. À l'heure de midi, tout le monde rappliquait pour dîner ou se changer. Au loin sur le brise-lames, on voyait grouiller des gros points noirs, sortes d'insectes carbonisés. Les flics. Les gyrophares sur la digue lançaient des lumières qui ressemblaient à des éclairs déchirant les nuages. Tous les vacanciers étaient accoudés aux rambardes et cherchaient à savoir ce qui se passait. Un naufragé, pour sûr ! Au bout d'un moment certains se lassèrent et regagnèrent leurs pénates. On aurait dit qu'ils étaient blasés. À la mer, les noyés semblaient moins attirants que les baleines échouées sur la plage.

Les Magritte avaient pris une demi-pension, préférant souper à l'hôtel de la Plage et dîner ailleurs, histoire de varier les plaisirs.

Ils montèrent dans leur chambre pour se rafraîchir et surtout parce que Georgette avait hâte de découvrir l'article de Daisy Fox. Peut-être était-il banal ? Son instinct lui chuchota que non. Elle était sûre d'y trouver un détail troublant qu'elle serait sans doute seule à voir, car elle avait toujours été douée pour lire entre les lignes.

7.

Magritte n'était pas convaincu que Roger Doorman n'était pas mort par accident. Il savait cependant que Georgette avait une intuition féminine bien aiguisée. Et puis, quand elle avait une idée en tête…

Confortablement installée sur son lit dans sa chambre, elle avait ôté ses souliers et ne semblait pas perturbée par le remue-ménage des policiers dehors. Rien n'aurait pu la distraire, même pas l'arrivée du *Potemkine* sur la mer.

La Revue de l'évasion était assez luxueuse avec de belles photos couleur. Sur deux pages, l'article de Daisy Fox était consacré aux événements artistiques et autres de Knokke ainsi qu'aux curiosités, telle la réserve naturelle du Zwin où l'on pouvait voir des centaines d'espèces d'animaux, endroit que René et Georgette connaissaient bien car ils ne manquaient jamais d'y aller chaque fois qu'ils venaient à la mer. Il y avait aussi tout un passage sur le golf, la thalassothérapie, les courses de vieilles voitures, les galeries d'art et les boutiques de luxe de l'avenue Lippens. Considérée comme la station balnéaire la plus huppée de la côte, Knokke-le-Zoute regorgeait de riches commerçants et d'industriels. D'ailleurs la famille royale venait y passer ses vacances. Pour voir les belles villas anglo-normandes, il fallait quitter le front de mer, de plus en plus défiguré par les buildings qui commençaient à pousser le long des digues sur toute la côte belge.

Un paragraphe un peu plus long était consacré au Grand Casino et faisait mention des «fresques sublimes et déroutantes du peintre René Magritte». Georgette gloussa de plaisir. Elle avait toujours été fière de son mari, et n'avait pas attendu qu'il ait du succès. Au fond d'elle-même, elle avait toujours su qu'un jour il serait enfin reconnu. C'est ce qui lui avait fait supporter leurs années de galère. Certes, René n'avait pas un caractère facile, c'était un artiste. Par définition, un homme singulier. Et leurs amis écrivains, Colinet, Nougé, Scutenaire et les autres ne faisaient pas exception à la règle. Ils étaient tous restés de grands enfants qui tentent de traverser le monde des adultes en créant. Mais avec une certaine gravité, car il n'y a rien de plus sérieux que les gosses. Et c'est précisément parce que René était différent que Georgette l'aimait.

Daisy citait les meilleurs restaurants où aller déguster des croquettes de crevettes ou des anguilles au vert, une spécialité flamande baignant dans une sauce aux herbes. À la fin de son article, elle conseillait les hôtels où il ferait bon séjourner. Elle citait entre autres La Réserve et Le Memlinc, qui donnait sur la «place M'as-tu-vu», surnommée ainsi parce que c'était là qu'on allait se montrer et se pavaner avec sa belle auto.

Bizarrement, Daisy Fox ne mentionnait pas l'hôtel de la Plage qui pourtant l'avait accueillie deux années de suite. Georgette trouvait ça louche et elle en parla à René, occupé à lire *À rebours*, un roman de Joris-Karl Huysmans[1], dans le fauteuil sur le balcon.

1. J. K. Huysmans, critique d'art, poète, romancier, publié dans la «Bibliothèque de la Pléiade». Très apprécié par Magritte. *À rebours*, c'est la description d'une terrible pensée solitaire – selon André Bosmans, ami de Magritte.

— En quoi est-ce louche ? fit-il. Elle n'a pas voulu faire du favoritisme, voilà tout.

— L'hôtel de la Plage est le seul qui donne directement sur la mer. Même du Memlinc, on risque un torticolis si on veut tenter de voir une vague.

— Tout le monde n'aime pas avoir une chambre donnant sur la mer. Avec tous ces touristes, c'est bruyant l'été.

— Quand même, insista Georgette, tu trouves que c'est normal, toi ? On t'invite aux frais de la princesse et tu ne dis même pas merci ?

— Que veux-tu mon p'tit poulet, soupira René, y a des gens malpolis.

— Je suis sûre qu'il s'est passé quelque chose dans cet hôtel…

— Tu devrais faire attention, tu as tellement le goût du mystère que tu le provoques.

— Toi tu le crées avec tes tableaux. Moi je le cherche dans la vie. On se rejoint, chacun avec ses moyens.

— Si tu veux mon avis, à l'heure qu'il est, cette journaliste est sur un yacht en compagnie d'un milliardaire.

— Tu vois trop de films, René !

— Vu le rastaquouère qu'elle a épousé, ça doit bien être le genre à suivre un vieux plein de pognon. Ces gens-là ne m'intéressent pas.

— Ah non ? Pourtant elle parle de ta fresque au casino…

Georgette lui tendit le magazine en pointant du doigt un passage où la journaliste faisait son éloge, le qualifiant de « plus grand peintre belge, qui fait parler les images pour traduire la pensée, et qui utilise la peinture pour penser et non pour s'exprimer ». Elle terminait son article par « ne manquez pas d'aller admirer les œuvres de ce génie au Grand Casino de Knokke ».

— Finalement, je crois que tu as raison mon p'tit poulet, conclut Magritte en lui rendant sa revue. Cette dame mérite qu'on s'intéresse à ce qu'elle est devenue.

Georgette sourit. Même s'il s'en défendait, clamant qu'il n'aimait pas qu'on lui cire les pompes, René n'était pas insensible aux compliments. En plus venant d'une jolie femme, car sur la photo trouvée sur son défunt mari, Daisy ressemblait à une star de cinéma. Si elle n'avait pas disparu, Georgette en aurait été jalouse.

8.

Trois semaines plus tôt, à Knokke…

Daisy marchait le long de la mer, savourant les coups de langue des vagues sur ses pieds nus. Sandales dans une main et tenant son chapeau de l'autre, avec sa robe en mousseline bleue, elle ressemblait à un oiseau sauvage. Le vent du nord jouait dans ses longs cheveux bruns et taquinait ses jupons pour en faire des ailes. Elle savourait ce moment où, pour la première fois depuis longtemps, elle se sentait libre. Et amoureuse. Encore un de ces rêves impossibles. Elle aimait ça. Daisy Fox avait toujours été romanesque, du genre à pleurer devant les films à l'eau de rose, les grandes histoires d'amour comme *Autant en emporte le vent* où tout le monde meurt à la fin. De toute façon, y a-t-il une autre issue ?

Tout avait commencé avec son père qu'elle admirait. Au début, il était tendre, la prenait sur ses genoux ou sur ses épaules et jouait parfois avec elle. Puis un jour, entre sa mère et lui, quelque chose avait changé et il s'était mis à boire. De plus en plus. Et à devenir violent. Il avait fini par l'ignorer, cette petite fille qui aurait donné sa vie pour qu'il l'embrasse une dernière fois. Mais la traitait pire qu'un chien errant dans cette maison où elle ne se sentait plus à sa place. Il n'y avait que quand elle faisait des bêtises qu'il la grondait, lui criait dessus, la frappait parfois. Là, elle existait de nouveau à ses yeux. Et pour attirer son attention, elle fit plein de conneries. Des trucs de gosse, bien agaçants. Juste pour le faire sortir de ses gonds ! Elle renversait son verre à table, cachait sa bouteille de whisky, cassait les objets auxquels il tenait ou encore elle se mettait à hurler sans raison. Ou du moins apparente…

Elle avait épousé Roger Doorman comme on épouse un gilet de sauvetage. Il était beau gosse et il lui plaisait. En avait-elle été amoureuse ? Elle le pensait car, se méfiant des hommes, elle n'avait jamais éprouvé un tel sentiment, sauf pour son père. Elle avait cru au conte de fées, et confondu le Prince charmant avec Barbe-Bleue. Il lui avait fallu des années avant de comprendre que ce qui l'avait attirée chez son mari, c'était justement cette violence sourde, cette ressemblance avec son père. Sous des dehors affables et enjôleurs Roger était une cocotte-minute dans laquelle macéraient les flammes de l'enfer, prêtes à tout anéantir sur son passage. Pourtant, il l'aimait. Du moins était-ce sa vision de l'amour qu'il confondait avec son besoin maladif de possession. Daisy ça la rassurait, cet homme qui tenait à elle. Soudain, elle avait rencontré quelqu'un pour lequel elle était importante. Le prix à payer, c'étaient les coups. Au début, une simple gifle. Puis il l'avait jetée par terre. Un soir, il l'avait calmée en lui tapant la tête contre le mur. Une fois la colère passée, il s'excusait. Lui offrait des fleurs ou lui promettait des vacances idylliques. Et elle le croyait. Même qu'elle se sentait coupable, parce que c'était elle qui l'avait mis à bout. Saleté va ! Pouvait pas s'empêcher de le flanquer en rogne. De le rendre jaloux avec des aventures qu'elle inventait. Une fille tordue, voilà ce qu'elle était.

Quand tout allait bien, pendant de courtes périodes, elle s'arrangeait toujours pour attirer l'orage. Puis elle pleurait à chaudes larmes.

À la mort de son père, elle avait tout compris.

Il lui avait demandé pardon pour toute cette violence dont elle n'était pas responsable. Il lui avait avoué qu'elle n'était pas de lui. Que sa femme l'avait trompé et lui avait fait croire pendant des années que Daisy était sa fille. Jusqu'au jour où… il avait découvert la vérité.

— Pourquoi tu ne l'as pas quittée ? lui avait demandé Daisy.

— Parce que malgré tout, je t'aimais. Mais j'étais incapable de te prendre dans mes bras…

Il était parti pour le grand voyage en emprisonnant sa main dans la sienne, petit oiseau fragile qu'il voulait emporter avec lui. Comme si mourir ôtait toute importance à ces choses qui nous font tant souffrir dans la vie. Ne laissant en souvenir que ce bouquet de fleurs dans un vase rempli de l'eau de nos larmes.

9.

Il faisait beau. René proposa un tour en cuistax à Georgette. Cela leur permettrait d'y voir plus clair dans cette affaire. Souvent, pensait-il, quand on a trop le nez dedans, on finit par s'embrouiller.

Dans l'hôtel il régnait une ambiance mortuaire. On sentait que le cœur n'y était pas. Le directeur tentait pourtant de redynamiser son personnel. Visiblement, il ne voulait pas que cette noyade affecte sa clientèle. Mourir, oui, mais discrètement et après on danse ! *The show must go on*, sinon c'est mauvais pour le tourisme.

Georgette l'entendit grogner :

— Fallait encore bien que ça tombe sur nous. Et juste en face en plus ! Il ne pouvait pas aller se noyer ailleurs, non ? Ça fait mauvais genre, la police dans mon établissement. *Godferdomme !*

— Ce type a un portefeuille à la place du cœur, dit Georgette. Et en plus, c'est un grossier merle ! Il jure.

— Tu connais un commerçant qui n'a pas une tirelire à la place du cerveau toi ? railla Magritte. Quand tu leur demandes si ça va, ils te répondent toujours que non, les affaires sont dures… Jamais assez !

Ils louèrent un cuistax à deux places et décidèrent de pédaler jusqu'au Zwin. René aimait beaucoup ces engins typiques de la côte belge. Et lorsque ses amis Scutenaire et Colinet venaient le voir à la mer, ils en louaient un pour quatre personnes et s'éclataient à pédaler comme des dératés. On aurait dit que les vacances les faisaient rajeunir et qu'ils avaient cinq ans ! Des vrais gamins qui s'amusaient à s'enterrer dans le sable en ne laissant dépasser que la tête et qui après s'enfuyaient en rigolant, abandonnant là le malheureux en train de hurler à pleins poumons. Puis ils attendaient que les vagues se rapprochent et qu'il ait bien la trouille pour venir le déterrer. On appelait ça le « jeu de l'autruche ». Ou alors ils jouaient à saute-mouton, ou encore allaient se chamailler en rigolant dans les dunes, imitant James Ensor, réputé pour se battre à coups d'ossements ou mimer l'« extraction de la pierre de la folie ». Magritte appréciait l'œuvre de ce peintre, son côté à la fois burlesque et effrayant, avec ses sorcières et ses personnages masqués qui semblaient vous narguer de façon grotesque.

Sur la plage, des pêcheurs de crevettes chevauchaient des gros canassons en traînant leur filet dans l'eau. René pensait aux tomates-crevettes[1] avec des frites. Il raffolait de ce plat typiquement belge. Il lui suffisait d'en manger quand il était chez lui, à Schaerbeek, et de fermer les yeux pour se croire à la mer... Tout juste s'il ne sentait pas du sable sous la table.

Georgette, d'habitude enjouée quand ils se baladaient, était songeuse. Elle réfléchissait à l'article de Daisy Fox, à sa lettre de rupture et à sa photo sur laquelle elle ne souriait pas...

Pourquoi avait-elle omis de parler de l'hôtel qui l'hébergeait gracieusement ? Et pourquoi avait-elle tapé sa lettre de rupture à la machine ?

1. La meilleure recette de tomates-crevettes est celle que m'a communiquée Arno, chanteur belge et « ostendu », comme on dit. Il faut mélanger les crevettes épluchées avec de la mayonnaise et surtout du persil et des oignons hachés très fin... puis farcir avec ce délicieux mélange les tomates épluchées ! Miam !

— Dis, René, si tu me quittais, tu m'enverrais une lettre écrite à la main, non ?

— Pourquoi veux-tu que je te quitte mon p'tit bibi ?

— C'est pas la question. Réponds-moi…

— Eh bien je suppose que je te le dirais en face. Et si je devais t'écrire, je dirais « Ceci n'est pas une lettre de rupture ».

— Tu ne trouves pas étrange que Daisy ait tapé sa lettre à la machine, toi ?

— Mmm…

Magritte dut admettre que sa femme avait raison. Qu'est-ce que cela signifiait ? Peut-être tout simplement qu'elle voulait volontairement mettre une distance ? Et si quelqu'un avait écrit cette lettre à sa place et imité sa signature ?

10.

Lorsque René allait se promener, il aimait dire qu'il « partait en expédition ». Georgette et lui avaient bien pédalé, avec Jackie sur la banquette arrière, et étaient arrivés au Zwin, à Knokke-Heist. Ils aimaient cette magnifique réserve naturelle qui leur permettait d'observer la flore et la faune, notamment les flamants roses, les cigognes ou les hérons cendrés. Ils virent même une avocette élégante qui, ainsi que des milliers d'oiseaux, venait chaque année au Zwin pour hiverner, nicher ou chercher de la nourriture. Ici on n'utilisait pas de pesticides, et les champignons et autres plantes attirant les batraciens et les lézards se développaient à profusion. Les étangs, les chenaux et les criques regorgeaient de curiosités aquatiques dignes des romans de Jules Verne. Ces créatures s'offraient au regard ébahi de ceux qui prenaient encore le temps de s'arrêter pour admirer la nature : défilé d'échassiers, de chevaliers gambettes, de gravelots à collier interrompu, de bécasseaux variables, d'aigrettes, de goélands, d'éperviers, de fauvettes…

Gamin, René les visait avec sa carabine. Heureusement, il les ratait souvent. Georgette lui avait fait prendre conscience que chaque vie est précieuse, celle des animaux comme des plantes. Même s'il détestait la nostalgie et les souvenirs, Magritte se sentait parfois envahi par des idées noires. Son regard s'assombrissait et il devenait silencieux. Comme au moment où la mer se retire… Il pensait à ses années canailles, celles où il se prenait pour son héros de bande dessinée : le bandit Zigomar. Quand il descendait le long de la corniche pour taquiner les lavandières ou aller au ciné Zénon, à Charleroi, voir les films sur Fantômas aux titres rocambolesques, tel *Le Mort qui tue*. Le vrai spectacle était dans la salle, et c'est lui qui l'assurait ! Souvent le pianiste en faisait les frais. Avec ses deux frères, Paul et Léopold, dans le quartier on les surnommait « les Possédés du diable » ou, en wallon, les *tchaukîes*. Qui aurait pensé aujourd'hui, en voyant cet homme à l'allure bourgeoise, engoncé dans son manteau raide et coiffé de son chapeau boule, qu'il avait été un vrai garnement ? Ce mauvais génie des excréments badigeonnait les clenches de porte, s'amusait à les lancer dans un tuba, ou déversait de la levure dans les toilettes pour qu'elles débordent… Quand les frères Magritte organisaient une « descente en ville », c'était pour faire les chapelles, c'est-à-dire la tournée des bistrots. Et lorsqu'ils en sortaient le soir, ils allaient se « faire un square », qui consistait à se planquer dans les buissons avec les copains. Chacun avait un parapluie noir qu'il ouvrait à l'arrivée d'un passant. Ça faisait flop ! flop ! et le passant détalait, mort de trouille. Anarchiste, mauvais élève, renvoyé de l'école parce qu'il tenait des propos orduriers et dessinait des femmes à poil sur ses livres, René changea à la mort de sa mère. Le suicide de Régina Bertinchamps, retrouvée flottant dans les eaux rouges de la Sambre, transforma peu à peu le jeune tyran en peintre et les nuages de sa vie devinrent ceux de ses ciels bleus. Pourquoi est-ce que, souvent, les seules choses que l'on ne regrette pas ce sont nos bêtises ? Magritte n'était pas de ceux qui se retournent pour retricoter leur vie. Il avait toujours détesté son passé et celui des autres. Seul le présent l'intéressait. Pas son avenir.

Georgette lui avait donné la tendresse, la douceur et l'amour des animaux. La plupart des enfants ne sont-ils pas cruels ? Toujours prêts à se faire les pires vacheries ? Quand on est gosse, on peut couper des vers de terre en morceaux ou épingler des papillons sans aucune conscience du mal qu'on est en train de faire. C'est seulement après qu'on se rend compte… Ceux qui continuent à tuer ont dû rester bloqués quelque part. Et c'est ce qui intriguait Magritte.

Après la balade au Zwin, ils reprirent leur cuistax et pédalèrent jusqu'au Zoute. On était dimanche et ici les gens étaient habillés pareil qu'en semaine, avec leur tenue de vacanciers. En ville ou à la campagne, on faisait son chic, on mettait des beaux habits. Ici, les jours ne se distinguaient pas les uns des autres. Tout juste si on entendait sonner les cloches de l'église pour la messe. Le ciel était couvert, et fallait pas traîner si on ne voulait pas ramasser une drache sur la cafetière. Surtout que Loulou n'avait pas son manteau de pluie, un petit ciré jaune que Georgette avait acheté au Toutou Chic, avenue Lippens, les Champs-Élysées de Knokke.

Ils allèrent rendre l'engin et rentrèrent à leur hôtel car le ciel était zébré d'éclairs, et pas au chocolat !

Gamin, René pensait que l'orage traduisait la colère des Pieds Nickelés, perchés sur un nuage là-haut. Il croyait qu'à la mort du dessinateur – Louis Forton – ses personnages s'étaient envolés avec lui. Farouche anticlérical comme son père alors que sa mère était une fervente catholique, René ne croyait pas en Dieu, mais les héros de son enfance étaient immortels.

Dans le salon, une télé diffusait des images de la plage de Knokke, noire de monde et de policiers, à la suite de la noyade de Roger Doorman, décrit comme un homme sans histoires. Ben voyons… La journaliste rappelait aux estivants d'être prudents, de surveiller leur progéniture et de ne pas se promener la nuit sur le brise-lames qui était fort glissant. Le commissaire de police de la ville prit la parole afin de rassurer les braves citoyens et de ne pas faire fuir les touristes, annonçant avec certitude qu'il s'agissait d'un accident. Il avait dû recevoir des ordres du bourgmestre. On ne fait pas de vagues en saison estivale. Déjà que dans le Chnord, c'est pas Biarritz, il pleut un jour sur deux. Allez, ce ne sont pas les étés pourris qui rebutent les Belges ! Leur mer du Nord est la plus belle. Même quand on s'y noie…

11.

Quinze jours plus tôt à Knokke…

Daisy secoua ses cheveux remplis de sable. Elle revenait du casino et avait préféré passer par les dunes pour rentrer à l'hôtel. Il était tard, le vent soufflait et au loin les lumières de l'estacade ressemblaient à un tableau de Spilliaert. Sombre, inquiétant, mais d'une beauté qui ne pouvait vraiment atteindre que les Belges, car elle parlait à leurs racines. À cette mer du Nord sauvage, mystique, rebelle, entre deux ciels. Une fois qu'on y avait passé des vacances dans son enfance, elle coulait dans nos veines pour toujours. Détruite année après année par la laideur des buildings qui engloutissaient les petites maisons de pêcheurs et cependant on ne pouvait s'empêcher d'y retourner pour y chercher des miettes de rêves. Fallait tourner le dos à la digue et regarder la mer, rien que la mer. Et où qu'on aille, en France ou ailleurs, aucune n'avait la même couleur d'orage, la même saveur, « avec un ciel si bas qu'il fait l'humilité » comme le chantait Brel, avec ce vent sauvage qui, « sur la bruyère longue infiniment […] se déchire et se démembre, en souffles lourds, battant les bourgs » ainsi que l'écrivait le poète belge Émile Verhaeren.

Daisy n'était pas née dans ce pays, pourtant elle l'aimait. Elle en avait fait sa terre de cœur. Et elle aurait tant voulu y avoir des souvenirs de petite fille, parsemés entre les fleurs en papier crépon et les petits moulins colorés qui tournoyaient au vent. Des souvenirs de châteaux de sable, dans lesquels elle aurait enfermé ses rêves de Barbe-Bleue, qu'elle préférait aux princes charmants, même s'ils avaient un goût de sang. Ses pieds s'enfonçaient dans le sable humide et sa robe s'accrochait aux oyats. Elle se maudit de ne pas avoir choisi de marcher le long de la digue, même si le vent soufflait fort. Son chemin n'était pas celui de ce paradis inventé dans les livres d'images pour faire rêver les enfants et leur incruster dans le cœur des illusions qui devaient leur permettre d'affronter le monde des adultes. Il y avait dans son arbre généalogique une pomme verte, semblable à celle de ce peintre Magritte dont elle appréciait tant les peintures au casino. Sauf que la sienne était empoisonnée comme celle de la sorcière de *Blanche-Neige*. N'empêche que malgré tout, elle se sentait plus heureuse que jamais. Ce qui lui arrivait là était un cadeau du ciel !

Elle ne vit pas l'ombre qui la suivait et se rapprochait dangereusement, avec son écharpe noire qui voltigeait, pareille à la faucille du Grand Macabre…

12.

Les Magritte étaient rentrés à temps pour le souper. Il leur restait une demi-heure pour se changer. René était en sueur. C'était pas un grand sportif ! En ville ses exploits se limitaient à la balade de Loulou « pour lui faire faire pipisse » comme il disait. À part ça, bernique ! Les sportifs l'ennuyaient autant que les curés. Les seuls moments où il se dépensait un peu, c'était pendant les vacances.

Alors qu'ils regagnaient leur chambre, ils croisèrent la soubrette dans le couloir, poussant son chariot rempli d'essuies et de draps. En robe noire et tablier blanc, elle semblait sortir du *Journal d'une femme de chambre* d'Octave Mirbeau. Magritte la salua d'un coup de chapeau qu'il n'avait pas. Réflexe de Pavlov ! Visiblement, elle ne fit pas attention à lui et n'avait d'yeux que pour Loulou.

— Oh le beau petit chien ! Qu'il est mignon, fit-elle en se penchant pour le caresser. J'adore les animaux !

Georgette était rââvie ! Dès qu'on complimentait sa chienne, c'était mieux que si on la flattait elle, comme si elle y était pour quelque chose que sa Jackie soit belle. René n'avait jamais compris pourquoi les gens qui ont des enfants disent merci quand on se pâme devant leur progéniture. Nom de Dieu, on n'est pas responsable de ce qu'on engendre ! Même un tableau… Il sort de notre imagination. Et elle, d'où vient-elle ?

René Magritte avait toujours eu du mal avec les codes des humains et leur comportement. Il se sentait tellement hors du monde, dans un ailleurs qu'il retrouvait en peignant. Ces bonshommes énigmatiques et silencieux, face à ces paysages immobiles, en manteau noir et chapeau boule, sous ce croissant de lune veillant sur eux, étaient ses parts d'ombre. Attention ! Ne dit-on pas que la lune est souvent menteuse ?

— Comment il s'appelle ? demanda la bonne qui s'était accroupie pour faire des papouilles à Loulou.

— C'est une fille… Jackie. On la surnomme Loulou, parce que c'est un loulou de Poméranie, précisa fièrement Georgette.

— Ce serait un bâtard, on l'aimerait pareil, ajouta René.

— J'imagine bien… C'est marrant, fit la femme de chambre en regardant sa maîtresse. Elle a les mêmes yeux que vous.

Georgette roucoula de plaisir. René s'était souvent fait la réflexion que les animaux ressemblent à leur maître. Une fois, il avait remarqué dans le tram une vieille qui avait une tête hirsute et les cheveux gris. Sur ses genoux, un chien coiffé pareil, le toupet au garde-à-vous. Ou encore le carlin de ce cordonnier de l'avenue Voltaire, les babines tombantes sur ses dents qui *stritchaient*, comme on dit en Wallonie. Le cordonnier aussi avait les ratounes qui sortaient de sa bouche !

Pendant que les femmes « causaient toutou » : et elle n'aime que la viande, elle trie ses légumes, c'est une difficile, elle grogne quand on la lave et adore les dessins animés à la télévision et tchic et tchac… René constata que les scellés avaient été posés sur la porte du voisin.

— La police est venue ? s'enquit-il, mettant un terme à la joute canine.

— Oui, c'est embêtant, du coup je ne peux pas faire le ménage. Les policiers m'ont dit que leurs collègues de la scientifique viendront effectuer les prélèvements seulement demain, parce qu'on est dimanche ! On ne peut pas dire qu'ils se cassent les pattes hein ? Moi je turbine même le jour du Seigneur.

— Alors, s'inquiéta Georgette, qu'a-t-on fait du chien de M. Doorman ? Parce que je suppose qu'il le laissait dans sa chambre lorsqu'il descendait prendre ses repas…

— Quel chien ? s'étonna la soubrette.

— Eh bien…

Georgette se rendit compte qu'elle ne pouvait pas parler de la lettre volée dans la poche du mort et rebondit :

— La veille de son décès, il était à côté de nous à table et nous a parlé de son épouse et de leur chien…

— Ça m'étonnerait ! Vous avez dû confondre, parce que Mme Daisy est allergique aux poils. Les deux fois où elle est venue à l'hôtel, elle m'a demandé si les clients précédents n'avaient pas d'animaux et si j'avais bien passé l'aspirateur. Au début, j'ai cru qu'elle était maniaque mais quand M. Castel, qui est un vieil habitué, s'est assis pas loin de sa table avec son cocker, elle s'est mise à éternuer que c'en était gênant !

Georgette regarda son mari. Ils pensaient à la même chose… Daisy avait donc écrit sa lettre sous la dictée et avait ajouté « Prends soin de notre chien », comme un appel au secours.

13.

Au menu du soir : vol-au-vent, waterzooi de poisson – composé de fruits de mer, morceaux de sole, de lotte et de cabillaud –, le tout baignant dans une sauce blanche, avec des échalotes, des navets et du blanc de poireau… Un délice ! Georgette et René étaient en train de se régaler quand ils virent débarquer une drôle de chose. La Castafiore, comme la surnomma Magritte, était une vieille excentrique drapée dans des fanfreluches rose jambon, une grosse fleur violette piquée dans ce qui lui restait de cheveux – qu'elle ne devait plus coiffer pour leur donner du volume –, le visage dissimulé sous une couche de fond de teint terre de Sienne brûlée. Elle dégageait une odeur de poudre de riz et de sueur. Le genre veuve d'un vieux nanti qui venait s'éclater à la côte et claquer le pognon du mort au casino. Autant en profiter ! René imaginait la vieille autruche brûlant des cierges à sainte Rita en souhaitant que pépé claque au plus vite afin qu'il lui reste de belles années pour danser le tango sous la lune blême. Ses vœux semblaient avoir été exaucés. À la voir, trônant telle une reine sur un bidet, elle devait s'imaginer que son fric lui donnait le droit de traiter le personnel comme des larbins. Et que j'te claque dans les doigts, rampe petit vermisseau. Elle pensait sans doute aussi que ses couches de maquillage parvenaient à dissimuler ses rides. Sauf qu'elles ne faisaient que les creuser ! Son visage ressemblait à ces sillons laissés par la mer dans le sable. Un peu à la manière dont peignait Léon Spilliaert qui, contrairement à Magritte figeant ses personnages dans un monde immobile, donnait du mouvement à chaque trait. René Magritte cherchait à montrer l'immobilité absolue, à atteindre une certaine perfection parce que selon lui, elle correspondait à un arrêt de la pensée.

À ses pieds, la Castafiore avait posé un gros sac doré, plus tape-à-l'œil tu meurs. Un vrai mirage pour les voleurs !

— Tu as vu, René ? Non seulement elle arrive en retard au souper, en plus elle a des exigences !

— Déjà qu'il n'y a pas de moutarde à table…, pérorait-elle, prenant à parti les convives, en plus il faut attendre le dessert pour avoir à boire ! *Shocking !*

Le garçon se précipita, ventre à terre et bouteille de champagne en main, mais ce n'était pas assez bien pour Madââme qui exigea de garder le précieux breuvage près d'elle dans un seau rempli de glaçons.

— Elle se croit où ? s'offusqua Georgette. On n'est pas à l'hôtel de la Réserve ici !

— Mon p'tit poulet, c'est le seul qui donne sur la mer, et même s'il est assez chic tendance populaire, la vue est imprenable.

— Si tu veux mon avis, elle n'a pas l'air de se soucier du paysage. Y a que son image qui l'intéresse. C'est vrai qu'elle ressemble à la Castafiore ! Je l'imagine bien chantant « Ah je ris de me voir si belle en ce miroir… ». Pourquoi est-elle venue dans cet endroit ? Elle est plutôt du genre à fréquenter les lieux huppés !

— Tu as raison, admit René, elle ne cadre pas dans le tableau. On dirait une des sorcières de James Ensor dans un décor de Renoir. Y a un truc qui cloche.

Tous les yeux étaient rivés sur elle et elle semblait ravie d'attirer l'attention. Être le centre d'intérêt devait constituer sa principale occupation.

Les Magritte en étaient au dessert, une crêpe à la bière de Saint-Feuillien[1], quand l'autre emplumée entama son waterzooi. Bien entendu, c'était pas assez chaud ni assez assaisonné.

— Et remettez-moi une bouteille de champagne pour rehausser le goût de ce plat on ne peut plus fade.

— Quelle difficile, dis ! s'exclama Georgette. Moi j'ai trouvé ça très bon.

— Moi aussi. À part que rouspéter est une façon d'écraser le « petit personnel ». Y en a qui n'ont pas d'autre moyen d'existence. Son plumage ressemble à son ramage, et elle brasse du vent. En même temps, tu me diras qu'on est à la mer du Nord…

— Je me demande bien ce qu'elle fait ici. Elle y a peut-être vécu une histoire d'amour quand elle était jeune ?

— Avec un aveugle cul-de-jatte alors…

— René ! le gronda Georgette. Elle était sans doute jolie autrefois.

— On ne peut ressembler à un plumeau et avoir été une rose.

Pendant qu'ils dégustaient leur crêpe à la bière, René et Georgette ne s'aperçurent pas que la laisse de Jackie s'était détachée et qu'elle avait déserté leur table pour aller fourrer son museau dans la sacoche de la madame qui sentait le pipi de chat. Jackie l'avait repérée dès qu'elle était entrée. Une odeur âcre qu'elle traînait dans son sillage. Ça sentait vraiment bizarre. Elle avait dû s'asperger de ce truc que sa dadame mettait parfois pour sortir le soir avec son mémaître. Mais le mélange de pisse de matou et de fleurs des alpages était écœurant.

1. Saint-Feuillien est une abbaye dans le Hainaut, fondée sur la tombe d'un moine irlandais nommé Feuillien. On peut y déguster une bonne bière, brune ou blonde, bien corsée ! Avec deux t'es *krimineil zat…*

Jackie, toute contente, rapporta son trophée à sa maîtresse.

Georgette ne savait plus où se mettre. Elle prit le portefeuille rouge incrusté de paillettes et le montra discrètement à son mari, paniquée.

— Tu te rends compte, René ! Loulou est une voleuse ! Oh, j'ai honte, j'ai honte ! Qu'est-ce qu'on va faire ? Mon Dieu…

— Mets-le dans ton sac et on ira le déposer chez le concierge en partant. On dira qu'on l'a trouvé par terre. Brave Loulou…

— Hein ? Tu ne vas quand même pas la féliciter ?

— Bien sûr que si ! J'espère que cette vieille bique se rendra compte qu'elle a perdu son portefeuille et qu'elle aura le temps de paniquer. Ça lui fera les pieds. Je déteste les gens qui se la pètent et prennent les autres de haut. Notre Loulou a voulu lui donner une leçon…

— C'est vrai qu'elle est intelligente, se pâma Georgette. N'empêche que c'est pas bien ce qu'elle a fait. Il ne faut pas l'encourager.

— Si. Elle n'a pas piqué dans le sac d'une brave femme mais dans celui d'une vieille pétasse. Alors moi je dis bravo ! Et en plus, on le rendra demain matin, afin qu'elle ait le temps de mariner un peu.

— C'est pas gentil, décréta Georgette.

— Le personnel de l'hôtel m'en sera reconnaissant.

Sa décision était sans appel. Georgette le savait et n'insista pas. Une autre raison lui fit lâcher l'affaire : son envie de fouiller le portefeuille, juste pour savoir qui était cette créature fanée se prenant pour la reine d'Angleterre.

Elle n'allait pas être déçue…

14.

René était fatigué de son périple en cuistax au Zwin et de son copieux repas. Il préféra rester dans leur chambre plutôt que d'aller faire leur traditionnelle balade du soir après le souper. Trop pressée de découvrir ce que contenait le portefeuille de la Castafiore, Georgette ne le contraria pas.

René enfila ses pantoufles à carreaux fourrées mouton, qu'il emportait à chaque voyage parce que ça lui donnait l'impression d'être à la maison partout où il allait. Il savourait ce bonheur de chausser ces paradis pour pieds. Le moment précis où il enfonçait ses petons dans la mimine de ses charentaises lui procurait un bien-être à nul autre pareil. Un moment de tendresse où la misère du monde disparaissait comme par enchantement. Le temps d'un frétillement d'orteils. Qui mieux que son ami Scutenaire pouvait décrire ses pantoufles ? « Elles font penser à celles de Baudelaire ou à celles d'un vieux lord anglais qui disposerait d'un marteau et de ciseaux et n'apprécierait point le lustre de la nouveauté[1]. »

Magritte avait toujours eu besoin de ses repères. Ou d'un détail qui lui rappelait son chez-soi. Pourtant, selon

1. Louis Scutenaire, *Avec Magritte*, L'Atelier contemporain, 2021.

Scutenaire encore, «les maisons de Magritte ressemblaient à celles de ses tableaux : aussi touchantes qu'indifférentes».

Et bien sûr Georgette et René emmenaient Jackie partout où ils allaient...

Quant à Georgette, elle ne voyageait jamais sans son réveil-matin. Elle ne l'emportait pas pour avoir l'heure puisqu'elle avait une montre. Mais juste pour se réveiller en voyant un objet familier. Si René avait pu prendre son chevalet...

Malgré tout, il aimait les vacances pour faire le plein d'images et retrouver l'insouciance de son enfance. Ceux qui cherchent à nous rogner les ailes et à nous enfermer dans des cages sont des tueurs d'artistes et des fabricants d'usurpateurs de l'art. Pour ça que René restait un rebelle, envers et contre tout. Sa «période vache» était un pied de nez à tous ceux qui étaient entrés dans les rangs pour gagner du pognon. Une façon de dire merde à ceux qui avaient vendu leur âme au diable.

Certes, il avait fait des compromis lui aussi, et pour assurer un bon train de vie à son épouse, il avait dessiné des affiches publicitaires qu'il appelait «ses travaux imbéciles». Mais jamais il n'avait trahi sa peinture, toujours restée une île sur laquelle il était le seul à décider de ce qui allait se passer. Cette île était vitale, c'est là que battait son cœur, là que grandissait son âme, là qu'il retrouvait son enfance, avec ses anges et ses démons.

Trop occupé à jouir du plaisir d'avoir chaussé ses sacro-saintes pantoufles, il n'avait pas remarqué que Georgette avait juste enlevé son manteau et s'était précipitée sur le lit pour commencer à faire l'inventaire du portefeuille de la Castafiore.

Soudain, elle poussa un petit cri de chatte sauvage :

— René ! Viens une fois voir !

Il espérait que ça en valait la peine, car s'extirper de son fauteuil alors qu'il baignait dans la béatitude le contrariait. Néanmoins, vu l'excitation de sa chère et tendre, il fit l'effort de se lever, non sans grogner, imitant Loulou quand on la sortait de son panier pour aller promener.

Georgette tendit une photo à René. C'en était une de Daisy !

15.

La Castafiore s'appelait en réalité Mildred Smith, un nom qui fleure bon l'autre côté de la Manche. Elle avait dû la traverser avec la malle Ostende-Douvres. Lady Smith comme on devait l'appeler était actrice, vu l'article pompeux qu'elle avait glissé dans son portefeuille et qui vantait « la performance unique de cette femme magnifique aux atouts on ne peut plus séduisants » (le journaliste avec qui elle avait sans doute couché devait parler de son opulente poitrine) qui crevait l'écran dans le film au titre sentant le chef-d'œuvre : *Bobonne chez les nudistes*, tourné à Gouy-lez-Piéton, pas loin de Charleroi.

Quel lien avait-elle avec Daisy ?

Georgette continua à examiner les moindres replis du portefeuille et n'y trouva que quelques billets auxquels elle ne toucha pas.

— On ira le rendre demain matin, décréta-t-elle.

— Oui, mais comment savoir pourquoi elle se trimballe avec une photo de Daisy Fox ? On ne peut quand même pas lui dire qu'on a fouillé dans ses affaires, mon p'tit poulet…

— Non, ça ne se fait pas. Ne t'inquiète pas, je saurai lui tirer les vers du nez !

— Je n'en doute pas un seul instant.

René avait envie de fumer une cigarette et il alla sur le balcon pour ne pas incommoder Loulou, qui éternuait chaque fois. Georgette, ça ne la dérangeait pas ; il lui arrivait parfois de fumer aussi. René pensait que c'était plus pour se donner un genre que par plaisir. Les femmes libérées aimaient se pavaner avec une cigarette entre les doigts. Cette manie l'avait prise lorsqu'elle avait découvert Marlene Dietrich en couverture d'un magazine people posant avec un fume-cigarette qui lui donnait une classe folle.

Occupée à examiner tous les papiers de la Castafiore, elle lut sur sa carte d'identité que celle-ci était née dans le Yorkshire et avait pile poil quatre-vingts balais. La lady n'était pas un perdreau de l'année. Pourtant, elle se croyait encore irrésistible, menant son petit monde à la baguette.

Les aboiements de Loulou arrachèrent Georgette à son inventaire. La chienne poussait une gueulante dans la direction du balcon.

— Jackie ! Tais-toi ! Tu vas réveiller les clients de l'hôtel !

Georgette se leva en soupirant et alla sur le balcon. Là, son sang ne fit qu'un tour et le sol s'écroula sous ses pieds. Face au parapet se trouvaient les pantoufles de René, bien alignées.

Une pensée fulgurante la traversa. Ce n'était pas la première fois qu'une personne en bonne santé mentale avait un coup de folie et décidait d'en finir…

René avait toujours eu bon moral et si Georgette était son bâton d'aveugle, sa peinture était son radeau de sauvetage. Il avait eu une enfance tellement difficile et dramatique, entre le suicide de sa mère et les frasques de son père toujours en train de déménager, trimballant ses fils qui n'avaient guère le temps de se faire des copains. Cette blessure devait être d'autant plus vive que Magritte l'avait occultée en refusant d'en parler. Or l'on ne vainc ses peurs qu'en se confrontant à elles. Georgette en était persuadée. Pas son mari. À coups de pinceaux, il s'était inventé un paradis pour cacher son enfer.

Un jour ou l'autre, le serpent tapi dans la malle à souvenirs se réveille pour nous injecter son venin en plein cœur.

Georgette resta figée, statue de glace, face à la mer qui au loin grondait ses misères et nous rappelait que la vie est pareille à ces vagues sauvages qui emportent tout, ne laissant rien de nous, si ce n'est l'amour qu'on a semé dans les jardins ensevelis.

Fallait pas qu'elle s'approche du balcon. Peur de découvrir l'horreur, l'impensable folie qui aurait anéanti d'un coup toutes ces années d'amour, les réduisant à une poignée de sable.

Non, fallait pas…

16.

Soudain, comme dans un rêve, Georgette vit son mari surgir sur le balcon voisin. Sans aucune explication il l'enjamba pour regagner ses pantoufles. Pétrifiée, sa femme le regardait sans pouvoir prononcer un mot.

— Mon p'tit bibi, qu'est-ce que tu fais là ? Tu vas attraper un rhume ! On dirait que tu es frigorifiée.

Elle se jeta dans ses bras. Il l'entendit sangloter et ne comprit pas ce qui lui arrivait.

— Je t'ai manqué tant que ça ?

Georgette décida de ne pas lui raconter ce qui lui était passé par la tête, il se serait moqué d'elle.

— C'est rien, balbutia-t-elle, juste un petit coup de cafard.

Il la serra contre lui et la berça pareil que si elle était une enfant. Parce que sa Georgette avait aussi ce côté « petite fille » qui l'attendrissait tant…

Quand elle fut calmée, elle lui demanda ce qu'il était allé faire dans la chambre de Roger Doorman.

— Tu sais qu'elle est sous scellés ! Si la police retrouve tes empreintes…

— Ne t'inquiète pas, j'avais prévu, fit-il en lui montrant les gants glissés dans la poche de son pantalon. Et j'étais en chaussettes.

— Tu as découvert quelque chose ?

René avait envie de faire durer le suspense.

— D'abord rentrons, mon p'tit poulet, il fait froid ici et je ne voudrais pas que tu sois malade, ce serait moche pour les vacances.

— Ça ne peut mal, je suis costaude… Nourrie au lait de ferme.

René l'entraîna dans leur chambre et ferma la porte donnant sur le balcon. Puis il tira les tentures, comme s'il craignait qu'un fantôme ne vienne les espionner. Le vent soufflait tellement dehors qu'il soulevait le voilage et donnait à la pièce un air de salon mondain hanté par quelques duchesses mortes, ensorcelées au son des valses de Vienne.

— Mon p'tit poulet, tu as trouvé autre chose dans le portefeuille du « Rossignol milanais » ?

— Qui ça ?

— Ben la Castafiore tiens ! Tu ne te souviens pas qu'Hergé la surnomme ainsi[1] ?

— Ah oui, c'est vrai. J'ai trouvé sa carte d'identité. Elle a quatre-vingts ans et vient du Yorkshire. Sinon, à part la photo de Daisy, un article élogieux vantant ses talents de comédienne.

— M'en serais douté. La plupart des gens qui exercent cette profession ne font pas la différence entre la scène et la vie. Ils se pavanent tout le temps et vivent devant un miroir. J'ai rarement rencontré des actrices qui, au quotidien, ne se donnaient pas en spectacle. Ce n'est pas un jugement de ma part, c'est une constatation. De toute façon, un artiste qui n'est pas obsédé par son art ne peut qu'être fade je crois.

Et il savait de quoi il causait ! Y avait-il un jour de sa vie où il n'avait pas pensé à ce qu'il allait peindre ? C'est pour cette raison qu'il était si souvent silencieux…

1. Personnage des bandes dessinées des *Aventures de Tintin*, par Hergé. Voir *Les Bijoux de la Castafiore*. En wallon, *Les Berlokes del Castafiore*.

Ce que je donne à penser avec ma peinture ne peut pas se dire avec des mots. Il faudrait que je garde le silence, pour ne pas parler pour ne rien dire.

— Alors, s'impatienta Georgette, qu'as-tu trouvé ?

— J'ai fouillé sa valise et dans la poche intérieure il y avait une assurance-vie contractée au nom de son épouse. À la mort de Daisy, Roger Doorman devait toucher le pactole. Malheureusement pour lui, il est mort avant…

— Il faudrait savoir si elle était également bénéficiaire d'une assurance-vie en cas de décès de son mari. Dans ce cas, nous aurions le mobile du crime !

— N'oublie pas, mon p'tit bibi, qu'elle lui a écrit une lettre qui ressemble à un appel au secours, puisqu'elle y fait allusion à un chien qu'ils n'avaient pas.

— Ou alors tout cela n'est qu'une vaste mise en scène, fit Georgette, songeuse. Les femmes peuvent être d'habiles manipulatrices !

— Pas de doute, approuva René en regardant Jackie en train de lui faire les yeux doux, vautrée sur son oreiller.

17.

Intrigué par cette histoire d'assurance-vie, Magritte appela son copain flic Jefke pour qu'il fasse des recherches sur Roger Doorman, en *stoemelinck*, c'est-à-dire discrètement puisque René n'était pas censé avoir tous ces renseignements en sa possession. Pour l'instant, la police de Knokke semblait avoir classé l'affaire. Un noyé de plus sur la côte belge et basta.

— Alors tu es dans un nouveau roman ? le questionna Jefke.

Petit mensonge : René lui avait fait gober qu'il s'était mis à l'écriture d'un polar. Pourquoi pas ? Les artistes belges sont souvent très éclectiques. L'autre poulet en sucre avala le bobard.

— Je te resonne à l'hôtel de la Plage ?

— Tout à fait. Merci Jefke.

— *Awell*, il pleut, je suppose ?

Chaque été quand il était gamin, Jefke et ses parents allaient passer leurs vacances à la mer du Nord, plus précisément à Blankenberge, et il ne se souvenait que du temps maussade, avec cette drache qui l'obligeait à rester en K-Way, abrité sous son matelas pneumatique, à regarder les vagues déchaînées. Longs moments de solitude… Une fois adulte il s'était juré de ne plus y remettre les pieds et de partir sur la Côte d'Azur, où t'es sûr d'avoir du soleil. Parce qu'à force d'être toute l'année enfermé entre les murs pisseux du commissariat de Bruxelles, Jefke était devenu comme les plantes et avait besoin de lumière.

Pendant que René bavardait avec son copain, essayant de le persuader qu'il faisait beau, Georgette avait commencé sa tentative d'approche de la Castafiore occupée à siroter son thé sur la terrasse de l'hôtel. Un vrai pot de fleurs affalé dans un fauteuil en osier. *Pourtant les robes à fleurs ça grossit*, pensa Georgette qui trouvait cette femme bien enveloppée. *Que serait le monde si on disait soudain tout haut ce que l'on pense tout bas ? Ce serait un sacré champ de bataille… Mais au moins, on rigolerait !*

— Bonjour ! fit gaiement Georgette en s'asseyant à la table voisine avec Loulou.

La vieille se contenta de la saluer.

Georgette commanda un jus d'orange et se lança.

— Vous avez une très jolie robe !

Saperlipopette, quelle menteuse je suis !

— Ow ? Vous trouvez ? s'exclama l'autre, flattée. Je l'ai achetée à Brighton.

Mon René a raison. Les Anglais ont des goûts de bidet.

— Vous habitez là-bas ?

— Non, j'ai un cottage à Bradford, dans le Yorkshire. *It's beautiful. Do you know the place ?*

— Pardon ?

— Vous connaissez ?

— Euh, non. Mon mari et moi sommes déjà allés à Londres par contre. Il a un mécène qui a une grande galerie là-bas.

— Un *what* ?

— Quelqu'un qui achète ses tableaux. Il est peintre.

— Wow ! Un artiste !

— Si vous allez au casino, vous verrez ses peintures. Il a pu faire une magnifique expo, grâce à notre ami Roger Nellens, le fils du directeur. Les fresques de mon mari ornent les grandes salles. Il les a appelées *Le Domaine enchanté.*

— Oh ! *I know* Magritte. J'adôôôre ! C'est votre époux ?

— Oui.

Georgette, ma fille, cette femme n'a peut-être pas de goût pour s'habiller, par contre en peinture, elle s'y connaît !

— Je suis venue l'année passée visiter l'exposition avec ma petite-fille, Daisy, qui est très amie avec le directeur du casino.

Ben voilà, Georgette, tu as ta réponse. Maintenant prends ton air naïf, ma fille…

— Oh, c'est drôle, nous avons sympathisé avec notre voisin de table et de chambre aussi d'ailleurs, M. Doorman, et il cherchait sa femme qui s'appelle Daisy également.

— Vous avez sympathisé avec ce *stupid boy* ?

— Euh… C'est-à-dire que nous avons juste échangé quelques mots. Nous n'avons pas eu le temps de bien le connaître, il s'est noyé.

— *I know*. C'est tout ce qu'il méritait. Il était complètement *crazy* ! Il battait ma Daisy. Je lui avais proposé de venir chez moi, *but* elle avait peur. *Poor little girl !* Elle m'avait promis de passer me voir avant de retourner chez ce *shithead*, *except* qu'elle n'est pas venue et je suis inquiète. Encore plus quand j'ai su qu'il était venu la rejoindre ! *I'm so happy* qu'il soit mort. J'aurais voulu qu'il se fasse dévorer par les requins.

— Y en a pas ici, répondit Georgette.

— Dommage…

Et si la Castafiore avait tué Roger Doorman ?

— Vous êtes seulement arrivée hier soir ?

— *Exactly*. Pourquoi me demandez-vous ça, ma chère ? Vous pensez que j'ai tué cet abruti ?

— Non, non, loin de moi cette idée, mentit Georgette.

— Que vous a-t-il dit d'autre sur ma Daisy ?

— Rien de spécial. Qu'il la cherchait. Ah si ! Et qu'elle lui avait écrit une lettre de rupture dans laquelle elle lui annonçait qu'elle le quittait. Elle lui demandait de bien s'occuper de leur chien.

— Elle est allergique aux poils d'animaux. *No pets, never ! Strange… You know*, il était machiavélique et tout à fait capable d'avoir écrit cette lettre lui-même. Même s'il lui laissait la liberté de voyager un peu pour son métier, il était très jaloux. C'était maladif, chez lui. J'ai peur qu'il l'ait tuée. Et qu'il se soit donné la mort *after*.

René arriva et salua la dame d'un coup de chapeau. À sa grande surprise, celle-ci tenta de s'extirper de son fauteuil pour se confondre en courbettes, mais elle resta coincée. Il réprima un fou rire sous le regard sévère de son épouse qui s'empressa de lui expliquer que la lady était une grande admiratrice de ses œuvres.

— Oh *yes* ! I *love* les hommes en chapeaux melons, comme ceux de vos toiles. C'est très *fashion* et *very* gentleman.

Georgette pensait que ça allait lui faire plaisir de savoir que la Castafiore appréciait son travail. Tu parles ! René était plutôt inquiet qu'une emplumée caquetant l'english se pâme devant son univers, le confondant avec une revue de mode. Cette madame puait la bêtise et la futilité ! *Ce serait tellement bien si on pouvait choisir ceux qui admirent nos œuvres*, pensa-t-il. Parfois, il avait l'impression de donner des perles aux cochons. Pourtant il doutait de lui. Toujours. Il se remémora ce douloureux épisode, lui qui admirait tant John Wayne et avait vu tous ses westerns… Quand il était allé à New York, pour son expo, il avait émis le souhait de rencontrer l'acteur pour lui offrir une de ses toiles.

John Wayne avait décliné l'invitation en demandant : « *Who is this Magritte*[1] *?* »

---

1. « C'est qui, ce Magritte ? » Anecdote vraie !

18.

Après avoir planté les piquets du paravent dans le sable, bien à l'abri du vent et des regards, René et Georgette s'installèrent dans leur transat pour faire le point sur cette sombre affaire. À Bruxelles, leur cuisine était devenue un bureau d'investigations autour d'une jatte de café, ici c'était la plage. L'air iodé, c'est bon pour les neurones…

— Alors tu as eu Jekfe ?

— Oui, il va faire des recherches sur Roger Doorman et me resonne à l'hôtel. Et toi ? Tu as pu tirer les bijoux du nez de la Castafiore ?

— Daisy lui avait promis d'aller la voir avant de rentrer chez elle et elle n'est jamais venue. Bizarre, non ?

— Elle a peut-être changé d'avis. Ce qui serait compréhensible, vu l'engin…

— C'est sa grand-mère quand même ! Et selon elle, elles s'entendaient bien. Donc logiquement elle lui aurait téléphoné pour la prévenir afin qu'elle ne s'inquiète pas.

Soudain, un brouhaha provenant de l'autre côté du paravent troubla leur quiétude. On aurait dit qu'une famille nombreuse venait de débarquer. René sursauta. Il avait horreur du bruit !

— C'est quoi ça ? La famille Tuyau d'poêle ?

— C'est le week-end, les Bruxellois en profitent pour venir à la mer…

— Peuvent pas rester chez eux ?

— M'enfin René, sois pas si grincheux, ils ont bien le droit de…

Une odeur de saucisse brûlée planait dans l'air marin.

— En plus ces touristes viennent gâcher notre iode ! râla René qui s'était redressé pour aller rouspéter contre ces sans-gêne. Peuvent pas aller faire cramer leurs saloperies ailleurs ? Est-ce que je viens à la plage avec mon Butagaz, moi ?

— Calme-toi René, tu vas encore tousser…

— Je ne viens pas ici pour supporter ces abrutis qui me rappellent nos voisins de Schaerbeek !

— Tiens, maintenant que tu le dis, c'est la même odeur que quand ils font un barbecue sur leur terrasse…

Un gamin passa en lançant son ballon qui faillit atterrir sur Georgette.

— Nom de Dieu, y peut pas aller jouer plus loin ce morveux ? Y a toute la plage et il faut qu'il vienne nous casser les pieds ici. À croire que les gens aiment se coller aux autres ! Bande d'abrutis.

— René !

— Ben quoi ? C'est vrai quand même…

Une voix de femme retentit :

— Victor, viens chez maman, n'embête pas ces messieurs-dames !

Évidemment le morpion ne tint pas compte des remarques de sa mère et continua à lancer son ballon près des Magritte. Jusqu'à ce que… PAN ! Un coup de feu retentit et le ballon éclata dans l'air.

René, qui allait foncer tel un pitbull sur le footballiste du bac à sable, esquissa un grand sourire. Une bénédiction du ciel !

— C'est quoi ça ? s'exclama Georgette.

Cette fois, René se leva et alla voir ce qui se passait derrière le paravent. Il resta bouche bée en découvrant ses cons de voisins de la rue des Mimosas à Schaerbeek : Kévin Latour, dit Kèkè, le *stoeffer* qui se pavanait avec sa casquette Jupiler, déjà plein mort à 11 heures du matin, accompagné de son frangin préposé à la bidoche et de sa belle-sœur en maillot léopard qui puisait allègrement dans le frigo-box, kit de survie des Belges. Avant y avait que le frère, le *serial killer* du gazon, toujours un sécateur dans la main, et sa mégère au balcon. Mais la famille s'était agrandie depuis que le Kèkè était sorti de taule et que la vieille avait été éjectée du home parce qu'elle flanquait la pagaille. À côté d'eux, montant la garde dans un fauteuil de star qu'ils avaient dû piquer quelque part, « mémé caricoles », surnommée ainsi parce qu'elle vendait des escargots rue Haute, dans le quartier des Marolles à Bruxelles. La vieille avait en plus une âme de collectionneuse. Elle avait gardé les caleçons de ses anciens amants et les avait punaisés sur les murs de sa chambre. À sa mort, ils iraient au musée du Slip à Lessines. C'était dans son testament. Georgette tenait cette information de source sûre : le facteur, qui était probablement passé à la casserole car la vieille avait un tempérament chaud boulettes. Fusil en main, elle visait tout ce qui passait au-dessus de sa tête…

René s'en méfiait. Elle ne l'aimait pas et ne lui répondait que par grognements. Un soir elle avait même tiré dans son chapeau boule de la fenêtre de sa chambre, prétendant l'avoir confondu avec Landru ! Heureusement, elle ratait sa cible une fois sur deux. Georgette avait appelé la police et la mémé s'en était tirée avec une remontrance. Les flics lui avaient laissé sa carabine à plombs, souvenir, avait-elle prétendu, de son paternel qui tenait un stand de tire-pipes à la foire du Midi. Et on ne touche pas aux reliques des vieux.

Depuis, les relations de « bon voisinage » s'étaient dégradées et Kèkè Latour semblait faire exprès de mettre sa zique à fond, « Y a d'la joie, bonjour bonjour les hirondelles… ». Magritte était devenu allergique à Charles Trenet et aux saucisses.

Qu'ils soient venus jusqu'à Knokke-le-Zoute pour gâcher leur séjour mit René dans une rage folle.

— Georgette... Tu ne vas pas me croire ! Ce sont nos connards de voisins !

— Ah, je m'disais bien aussi que cette odeur de roussi m'était familière...

— Je suis certain qu'ils l'ont fait exprès pour nous emmerder ! Y a plein de villes sur la côte, ils n'auraient pas pu aller à La Panne ou à Ostende, ou encore à Zeebrugge ? Tu ne leur as quand même pas dit qu'on venait passer nos vacances ici ?

— Non, non...

— Tu l'as dit à Carmen ?

— Eh bien... Je lui en ai touché un mot, oui...

— C'est pas vrai ! Cette langue de vipère est allée leur raconter.

— C'est notre femme de ménage quand même, elle a bien le droit de savoir où on va et...

— Elle n'a le droit de rien du tout, on la paie pour rien foutre, à passer ses jeudis dans notre canapé à regarder la télévision. Ah elle va m'entendre celle-là !

— René, tu vas te taire parce que je ne voudrais pas qu'elle s'en aille ailleurs. Elle ne fait peut-être pas les poussières et ne passe pas la loque, mais elle nous a déjà aidés pour nos enquêtes. Tu sais bien qu'elle fouine partout et connaît tout ce qui se passe dans le voisinage et ailleurs. Elle a ses connexions dans tout Bruxelles, même dans toute la Belgique ! s'exclama fièrement Georgette comme si elle brandissait un étendard.

— Enfin que soit, ils sont vraiment venus pour nous narguer, ces crétins des Abruzzes. M'en vais leur dire ce que je pense, moi !

— René, reste tranquille, tu vas encore envenimer les choses. Allez, viens me donner une baise, ça va te calmer. Et après on ira planter notre paravent plus loin.

— Tu paries qu'ils vont nous suivre ? S'ils font ça, je les tue !

19.

Ils allèrent plus loin et les Latour ne les suivirent pas, se contentant de les regarder d'un air goguenard. René fulminait !

— Y a de la fumée qui sort de tes oreilles, se moqua Georgette.

Magritte émit un grognement. Fallait qu'il se calme. Il était ici pour se détendre… Une fois le paravent réinstallé loin des cons, René et Georgette s'affalèrent dans leur transat. Des gros nuages passaient devant le soleil. Ici on bronzait par intermittence. La quiétude revint peu à peu, portée par le roulis lointain des vagues.

Georgette feuilletait des magazines achetés à la librairie Corman, tandis que René contemplait la mer, comme si elle avait englouti les secrets du noyé. Magritte aurait aimé se coller une tourelle contre l'oreille et l'entendre murmurer les réponses sur la mort mystérieuse de Roger Doorman et la disparition de sa femme. Les Magritte devaient probablement être les derniers à avoir causé avec lui, juste avant sa mort. Et il n'avait pas l'air d'un homme qui veut mettre fin à ses jours… René attendait impatiemment les investigations de Jefke. S'il s'avérait que Doorman avait contracté une assurance-décès uniquement sur la tête de son épouse, il était plausible qu'il l'ait tuée, pas qu'il se soit suicidé après. Par contre, s'il en avait pris une pour qu'elle touche de l'argent à sa mort à lui, sa théorie ne tenait plus debout et s'écroulait tel un château de sable.

En tâchant de résoudre des enquêtes, Magritte retrouvait son enfance et se glissait dans la peau de ses personnages préférés, les détectives Nick Carter et Nat Pinkerton.

René soupçonnait Georgette de faire semblant de lire et d'être comme lui en train de réfléchir à leur enquête. Ça faisait une demi-heure qu'elle était sur la même page… Il s'étira pour tenter de voir ce qui semblait passionner sa femme et aperçut la photo d'un bellâtre hollywoodien, musclé comme une baraque à frites. Il éprouva une pointe de jalousie, mais se sentait mal placé pour manifester son mécontentement, lui qui aimait plaisanter après avoir terminé un portrait en déclarant : « Et maintenant, mesdames et messieurs, le peintre va baiser son modèle ! » Il parlait bien sûr de sa peinture…

— Tu réfléchis mon p'tit poulet ? fit-il, sarcastique.

Georgette sursauta et baissa ses lunettes de soleil sur son nez.

— Je m'étais endormie.

Magritte sourit. Il n'était pas dupe.

— Désolé, je pensais que tu cogitais sur notre affaire en matant ce gros musclé.

— Ma parole, tu es jaloux !

— Pas du tout ! Comment veux-tu que j'envie un Bibendum sans ses rayures ? Tout dans les biceps, rien dans le ciboulot. Et on sait tous que « les hommes aiment avec leurs yeux, et les femmes avec leurs oreilles ». C'est d'Oscar Wilde.

— Il est vrai qu'il s'y connaissait en femmes, se moqua Georgette.

— Eh bien oui ! Les homosexuels sont souvent amoureux de leur mère et…

— Ne généralise pas René et te fatigue pas. Je m'étais vraiment endormie. Et parfois les rêves apportent des clefs du mystère. J'ai rêvé que Daisy était enfermée quelque part…

— Tu sais, mon p'tit bibi, que je ne crois pas à ces balivernes.

— Dommage pour toi. On verra bien…

— Il est vrai qu'avec la folle du plumeau qui tire les cartes et consulte sa boule de cristal, tu es à bonne école ! On se demande pourquoi la police se casse le cul à résoudre des enquêtes alors qu'il suffirait qu'elle remplace les flics par des voyants.

— Eh bien, René, si c'était le cas, ça irait mieux ! La preuve en est qu'avec leurs méthodes et leur manque d'ouverture d'esprit, ils classent des affaires qu'ils sont incapables de résoudre. Mais nous, on est là !

Il dut admettre que son épouse n'avait pas tort. En manque d'arguments, il se renfrogna dans son transat et entra en contemplation, observant les mouettes qui se détachaient tels des oiseaux de neige sur le ciel tourmenté se reflétant dans la mer grise. Et il imagina un oiseau transparent aux ailes déployées au travers duquel on pouvait voir un ciel bleu parsemé de quelques nuages floconneux. Une image qui montre ce qu'on ne voit pas et révèle l'invisible. Cette vision[1] aurait pu être comparée à une enquête : on creuse le mystère pour découvrir ce qui est caché.

1. Ce tableau eut pour titre *L'Invention collective* et servit d'emblème à la Sabena, grande compagnie aérienne belge aujourd'hui disparue. Étrange paradoxe pour Magritte, qui détestait les voyages en avion. Une photo célèbre montre une affiche « Avec la Sabena, vous y seriez déjà » sur le mur d'un cimetière…

20.

Les gros nuages noirs finirent par dévorer le soleil. Et les Magritte comme tous les vacanciers, à part quelques irréductibles, plièrent bagage pour rentrer à l'hôtel. Ils virent leurs voisins bruxellois, abrités sous un immense parasol Heineken, sûrement un cadeau du patron du bistrot où ils allaient passer le plus clair de leur temps. Il pouvait bien leur offrir ça car rien qu'avec les Latour, il faisait son année. René espéra secrètement que les flammes jaillissant entre les saucisses en train de se calciner sur le barbecue allaient atteindre la toile du parasol… Personne ne faisait attention, la belle-sœur était allongée sur le sable en bikini léopard, partant sans doute de ce principe idiot qu'on peut bronzer derrière les nuages, tandis que son mari ronflait dans un transat et que la vieille guettait le ballon ou un de ces fichus cerfs-volants, prête à dégainer. Quant au Kèkè, il se trémoussait, une bouteille de bière à la main, en écoutant la musique de son transistor à fond les manettes, pour faire profiter toute la plage de ses merveilleux goûts musicaux, à savoir du bruit.

— J'espère qu'ils ne logent pas dans le même hôtel que nous ! marmonna René.

— Non, t'inquiète pas. Ils partent toujours avec leur caravane.

— Bien le genre, se moqua Magritte qui détestait les campings.

Ils virent soudain la grande asperge courir en zigzaguant vers la mer.

— Regarde comme il se penche ! se marra Georgette.

— Oui, c'est Latour de Pise.

Elle éclata de rire, mais s'arrêta net lorsqu'elle vit Kèkè baisser son slip de bain sur ses cuisses pour uriner dans l'eau.

— Quel sans-gêne ! Tu as vu, René ?

— Tout le monde pisse dans la mer, mon p'tit poulet.

— Je sais, par contre lui, mauvais comme il est, il risque d'empoisonner les poissons.

René était toujours amusé par les réflexions inattendues de sa femme, et tant que l'autre vous fait rire et est encore capable de vous étonner, tout va bien. *Il y a dans l'humour une forme de générosité*, pensait Georgette. *C'est un bonbon du cœur.*

Quand ils allèrent chercher la clef de leur chambre à l'accueil, le concierge les avertit qu'un certain Jef avait téléphoné et demandait que M. Magritte le rappelle vers 18 heures.

Georgette remercia le concierge en lui adressant son plus beau sourire. René l'observa quelque peu interloqué et lui fit la remarque dans l'ascenseur :

— C'est quoi ce sourire enjôleur au portier ?

— Ce n'est pas le portier, c'est le concierge, précisa-t-elle en levant la main vers le plafonnier. Dans un hôtel, c'est l'équivalent du roi.

— N'importe quoi ! Et c'est pour ça que tu lui montres tes dents ?

— M'enfin René, tu ne comprends rien. Un concierge, il sait tout, il connaît les secrets d'alcôve, a les oreilles qui traînent sous les tables… Et si tu es aimable avec lui, il te dévoilera même la couleur des jupons de la duchesse. Évidemment, quand on est riche, on allonge un petit billet. Mais si on veut être économe, il suffit d'être charmant.

René ça le démangeait d'aller botter les fesses du concierge. Pas la première fois ! Il avait l'habitude… Un jour, il avait balancé son pied dans le derrière d'une grosse dame qui s'était penchée pour saluer un confrère. Pas pu s'en empêcher. Il avait toujours aimé faire ce qui ne se fait pas. Ici, il avait des raisons… Il devait bien admettre que ce concierge était ce que l'on peut appeler une « belle bête »… Et son côté taciturne, un rien ténébreux, lui donnait un air romantique qui plaisait aux femmes.

Il allait veiller au grain !

Après avoir pris une douche pour enlever tout le sable qui s'insinuait dans les moindres recoins de leur peau à cause du vent du nord, les Magritte se changèrent pour le souper. Et puisque René devait rappeler Jefke, ils décidèrent de descendre ensemble pour prendre un apéro. Georgette s'était mise sur son trente-et-un…

— C'est pour moi, mon p'tit bibi, que tu as fait ton chic ?

— Bien sûr mon René !

Menteuse !

René aurait bien aimé la rendre un brin jalouse, ça pimente les relations amoureuses, sauf qu'ici rien à croquer ! Entre la Castafiore et les dondons bourrées de gaufres à la crème fraîche, ou les vieilles veuves embijoutées ressemblant à des sapins de Noël roussis par le soleil, il n'y avait guère le choix. Il est vrai qu'une maladie vénérienne chopée à l'âge de seize ans avait quelque peu refroidi ses ardeurs… On l'appelait alors la « maladie de l'amour », qui s'attrapait en fréquentant des prostituées. Les reines de la nuit, il les avait connues dans une boîte avec des néons roses donnant sur la rue derrière la gare du Midi. Les tarifs allaient en décroissant… Des plus jeunes aux plus vieilles. Il avait ses deux préférées : Rose et Blanche[1].

Les Magritte commandèrent un kirsch. Un garçon propret et bien *drillé* leur apporta deux verres sur un plateau d'argent. La classe !

— J'aime vraiment beaucoup cet hôtel, fit Georgette en trinquant avec son mari.

René vit le concierge, occupé à ranger le courrier derrière son comptoir, qui lançait des regards furtifs vers eux. Et ça l'énerva. Encore plus lorsque Georgette leva son verre dans sa direction !

Cependant il se retint. Jouer à l'homme jaloux n'était pas digne de lui. Et puis, son épouse lui avait dit : elle œuvrait pour leur enquête…

Dix-huit heures. René se leva et se dirigea vers le téléphone sans jeter le moindre regard au bellâtre de service qui après mûre réflexion n'était pas si beau que ça. Il avait une certaine prestance, certes, mais fallait voir l'olibrius sans son costume. N'est pas Tarzan qui veut…

— Alors Jefke, tu as des renseignements pour moi sur Roger Doorman ?

— Oui. Pas évident, pourtant j'ai réussi !

Il fallait toujours qu'il fasse son *dikke nek* pour faire comprendre qu'il était le meilleur. C'était un jeu entre eux, et René ça l'amusait.

— Je n'en doutais pas un instant.

— Doorman a bien contracté une assurance-décès sur la tête de Daisy Fox. Pas l'inverse. Le Roger n'était pas un charmant monsieur. C'était même un abruti. Sa première femme a déposé plusieurs plaintes contre lui pour coups et blessures.

— Tu parles de Daisy Fox ?

— Non, sa première femme, j'ai dit. Rosa Velours.

1. Histoire vraie. D'aucuns y voient un clin d'œil dans les roses blanches de ses tableaux.

— On dirait un nom de fille de joie… Tu es sûr qu'ils étaient mariés ?

— *Absoluut, menneke.* Daisy était sa deuxième épouse.

— Cette Rosa Velours, me dis pas que c'est son vrai nom.

— Ben si. Y a bien l'actrice qui s'appelle Pauline Carton, alors pourquoi pas Velours ?

— Effectivement.

— Attends, le petit Jésus sur le cougnou c'est qu'il avait aussi contracté une assurance-décès sur sa tête.

— C'était une manie chez lui ! s'exclama Magritte.

— Oui, sauf qu'ici ça tombe à l'eau puisqu'ils ont divorcé. Après, il a continué à la harceler… Du genre « Je ne lâche jamais ma proie ».

— Et on peut la trouver où cette madame ?

— Nulle part.

— Comment ça nulle part ? s'exclama René.

— Elle a disparu. Comme l'autre.

21.

Georgette n'en revenait pas des révélations que venait de lui faire son mari après sa conversation avec Jefke. Cela rendait cette énigme encore plus croustillante.

— René, tu lui as demandé où elle habitait cette Rosa Velours ?

— Non, j'ai pas pensé.

— C'est malin ! Faut absolument la retrouver si on veut avancer dans cette enquête.

— Jefke a dit qu'elle était introuvable.

— Pour la police peut-être… Pas pour nous ! Tu vas lui resonner pour qu'il te donne sa dernière adresse. À partir de là, on va dénouer le fil.

— Ah oui ? Et comment tu comptes procéder ? Tu peux m'expliquer ?

— J'ai mes méthodes, susurra Georgette. L'essentiel est qu'elles soient efficaces. C'est pareil pour un plat, du moment qu'il est bon, faut pas chercher à savoir ce qu'il y a dedans ni comment on l'a cuisiné. On savoure, c'est tout.

René était réticent. Pour lui, cela signifiait que son épouse allait encore utiliser un de ses trucs occultes, bref une de ces couillonnades dont Carmen, la femme de ménage, et elle raffolaient. Heureusement cette dernière n'était pas ici. Ouf ! Lui, il lui fallait du concret, pas des saintes vierges en guimauve comme on en mange dans les *bollewinkels* de la mer du Nord. Du coup, il se rappela ses cours de peinture à Charleroi, au-dessus de la boutique de bonbons et de fournitures scolaires tenue par les demoiselles Thomas. Il avait exécuté ses premières œuvres d'après des cartes postales et à cette époque l'art de peindre lui paraissait vaguement magique, et le peintre, doué de pouvoirs supérieurs.

— Ça me fait penser, mon p'tit poulet, que je vais profiter de la soirée pour écrire à mes amis.

Magritte aimait beaucoup envoyer des cartes aux enfants de ses connaissances, notamment à ceux du compositeur André Souris. Il s'amusait à leur faire des enveloppes ludiques, contenant des petites histoires en images, et en guise de signature, une souris ou une fleur.

Georgette commanda des chicons au gratin et René une sole. Il racontait souvent à ses copains Scut et Colinet qu'à Ostende[1], ville d'Ensor, de Spilliaert et de Permeke, on savourait des soles plus grandes que l'assiette, une des spécialités de la côte.

La Castafiore arriva en retard selon son habitude. *Une façon sans doute de se faire remarquer*, pensa René. Elle traversa la salle, hiératique, sans regarder personne. Le petit peuple ne la méritait pas. Cependant, elle daigna saluer les Magritte, pardi ! Un artiste qui expose ses œuvres au prestigieux Grand Casino de Knokke, c'est pas rien ! Il doit être fortuné. Pas comme ces peintres du dimanche qui ramaient dans le sable. Là où elle se fourrait le doigt dans l'œil jusqu'au croupion, c'est qu'après des années de galère où René avait été obligé de se farcir des boulots alimentaires, notamment dans la pub, ils sortaient tout juste de leurs difficultés financières. Et que c'est précisément pour souffler un peu et s'éloigner de leurs problèmes qu'ils venaient se détendre

1. Ostende a aussi été le dernier endroit où a séjourné Marvin Gaye, et c'est le fief d'Arno !

à la mer. René soupçonnait la vieille de confondre les richesses du cœur avec celles du portefeuille.

Après le dessert – un morceau de tarte au sucre pour madame et un baulus[1] pour monsieur – René avait promis à sa dulcinée de resonner à Jefke pour en savoir plus sur Rosa Velours. Pendant ce temps, Georgette alla saluer la Castafiore pour savoir si elle avait du neuf concernant Daisy.

Et ils se retrouvèrent dans leur chambre pour faire le point.

Jefke avait déniché facilement l'adresse de la première femme de Doorman car elle se trouvait dans son dossier avec ses plaintes. Il y avait même une photo ! Il la décrivit à René, ajoutant « ainsi tu pourras t'en inspirer pour la décrire dans ton livre ». Magritte aurait dû avoir des scrupules de mentir de la sorte à son camarade. Eh bien non, il n'en avait pas. Faire rêver n'est pas un péché.

Quant à Georgette, elle avait appris que la Castafiore était allée éblouir le directeur du casino avec sa bimbeloterie et que celui-ci était également inquiet. En effet le soir de la disparition de Daisy ils avaient mangé ensemble avec son ami médecin, le Dr Tytgat, qui lui avait proposé de la ramener, mais elle avait préféré rentrer à pied par le chemin des dunes pour prendre l'air. Et elle leur avait dit « À demain ».

— Donc, conclut René, ce toubib est probablement le dernier à l'avoir vue, avec le directeur du casino. Tu n'as pas attrapé froid mon p'tit bibi ?

— Non, pourquoi ?

— Pour aller rendre une petite visite au docteur. Sinon, tu n'as qu'à dire que tu as des migraines. C'est courant chez les femmes.

— On ferait mieux d'aller le consulter pour tes problèmes de gorge.

---

1. Sorte de couque garnie de raisins de Corinthe.

— Tu sais bien que je n'aime pas les médecins avec leur air optimiste, réconfortant pour les moribonds…

— Je cherche son numéro dans le bottin et je prends rendez-vous pour toi demain. On ira ensemble.

Sa décision était sans appel. *Davantage pour tenter de faire avancer l'enquête que pour trouver un remède*, pensa René qui avait déjà subi quelques opérations n'ayant eu pour résultat que de le rendre plus nerveux.

Concernant Rosa Velours, il leur suffirait de pousser une pointe jusqu'à Ostende. C'est là qu'elle habitait avant de se volatiliser. Était-ce pour retrouver Daisy – ou pour la tuer ? – que Roger Doorman était venu à la mer, ou était-ce parce qu'il avait encore un os à ronger du côté de son ex ? N'avait-il pas dit lors de leur conversation qu'il devait se rendre à Ostende pour régler quelques affaires ?

22.

Devant leur chambre d'hôtel, ils croisèrent la femme de chambre qui avait l'air d'en avoir ras le bol et tirait la tronche en poussant son chariot.

— Vous semblez contrariée, lui fit remarquer Georgette. Ça ne va pas ?

— Ces touristes sont d'un sans-gêne ! Ils laissent traîner leurs saletés partout. Ah, il faut vraiment nettoyer dans les moindres recoins quand ils s'en vont. Hors saison, les gens sont mieux élevés. On dirait que l'été ramène des jean-foutre à la mer. C'est franchement honteux ! Et c'est moi qui dois ramasser leurs cochonneries…

— À ce propos, Daisy Fox avait bien la chambre 21, à côté de la nôtre ? Son mari nous avait raconté que quand ils venaient ils prenaient toujours la même.

— Ah, ça, c'était monsieur qui exigeait cette chambre. Quand Mme Daisy venait seule, elle ne voulait pas, comme si ça lui rappelait de mauvais souvenirs…

— Curieux, railla René, un homme si charmant !

— On ne peut pas dire du mal des clients, pourtant je reconnais que je ne l'appréciais guère. Il rouspétait pour tout, si les serviettes n'étaient pas changées tous les jours ni bien alignées, si le lit n'était pas impeccablement fait, si les tentures n'avaient pas été entièrement tirées… Et je vous en passe !

— Un chieur, quoi, conclut Magritte.

— Et sa femme semblait heureuse avec lui ? s'enquit Georgette qui sentait la femme de chambre en veine de confidences.

— Elle paraissait surtout terrorisée si vous voulez mon avis. Lorsqu'elle venait seule, c'était pas la même personne. Elle était plus enjouée et souriante. Je me suis toujours demandé ce qu'elle faisait avec ce maniaque.

— L'amour est soit une habitude, soit une occupation bizarre, précisa Magritte.

La femme de chambre le regarda sans comprendre et pensa que décidément, les hommes sont bien étranges.

— Dites-moi, vous avez l'air d'être une fée du logis, la flatta Georgette.

René sourit. C'était la tactique de son épouse de faire des compliments pour ensuite tirer les vers du nez. Elle agissait parfois ainsi avec lui aussi.

— Est-ce que par hasard vous n'auriez rien retrouvé, une lettre ou un ticket ou que sais-je dans la chambre de Daisy ? À moins que la police ne vous l'ait déjà demandé…

— Non, ils ne m'ont pas posé de question à ce sujet. Pour eux, Mme Daisy a quitté son mari ou est partie en voyage. Vu ce qui s'est passé et qu'on l'a retrouvé noyé, ils vont peut-être ouvrir une enquête.

— Je ne pense pas, affirma Georgette. Selon leur théorie, c'est un accident. Je dois vous avouer que mon époux et moi trouvons suspecte la disparition de Daisy et nous avons mal au cœur pour sa grand-mère. Nous aimerions essayer de l'aider à retrouver sa petite-fille, hein René ?

Magritte se contenta d'opiner du chef.

— Alors, continua Georgette, si vous avez trouvé un élément qui pourrait nous mettre sur sa piste…

— Un peu avant son accident, j'ai ramassé une enveloppe brune dans la poubelle de M. Roger en nettoyant sa chambre. Ça m'a intriguée et j'ai regardé ce qu'il y avait dedans. Bon je sais, c'est pas bien… Mais je suis un peu curieuse, comme toutes les femmes, ajouta-t-elle en cherchant un regard complice chez Georgette qui se contenta de sourire pour la mettre en confiance.

— Et y avait quoi dans cette enveloppe ? s'enquit René.

— Des photos déchirées. J'ai glissé l'enveloppe dans la poche de mon tablier avec l'idée de recoller les photos pour voir ce que c'est, sauf que j'ai pas eu le temps. Ici, l'été c'est infernal ! On n'arrête pas…

— Vous pouvez nous la confier ? Nous aidons le commissaire dans son enquête, lui confia Georgette, mais chut ! c'est un secret. Pour être sûrs que nous soyons efficaces dans nos recherches, personne ne doit savoir que nous sommes sur l'affaire.

— Je suis une tombe, leur assura la femme de ménage. Par contre, j'ai emporté l'enveloppe chez moi. Vous comprenez, je ne voudrais pas qu'on la trouve ici et qu'on m'accuse de vol… Je vous l'apporterai demain.

— Merci. Ces photos peuvent peut-être nous mener à Daisy. Et si elle est en danger, vous aurez contribué à la sauver.

— Oh ! Vous croyez qu'il lui est arrivé malheur ?

— C'est ce que nous allons tenter de découvrir…

23.

Aussitôt dans leur chambre, René chaussa ses pantoufles avec bonheur et s'affala dans le fauteuil, pendant que sa femme se rafraîchissait dans la salle de bains et enfilait sa robe de nuit. L'air de la mer le fatiguait. Le soir, il était K.-O. Il se releva quand même pour écrire à ses amis. Ici à la côte, la plupart des cartes postales étaient des caricatures de vacanciers, avec des grosses madames et des petits monsieurs, des couples à la Dubout entourés de gamins infernaux et farceurs. Magritte avait trouvé des vues anciennes de l'époque où les femmes se promenaient en longue robe, une ombrelle à la main pour se protéger du soleil, et il avait dessiné un bouquet de violettes sur le visage de l'une d'elles, en clin d'œil à son tableau *La Grande Guerre*. Au dos, il avait tracé de sa petite écriture fine un peu penchée, à l'encre noire :

Les brumes du Nord ont un charme parfois que je suis loin d'estimer négligeable.

Le changement du décor ici est assez perceptible pour m'empêcher de penser à beaucoup d'autres choses que celles que j'ai sous les yeux : le ciel et la mer sont « exposés » et je me garde d'essayer de connaître – comme les habitués des expositions de tableaux – « l'idée qu'ils représentent » : ce qu'ils montrent suffit amplement…

L'avantage de la mer du Nord, c'est que ce n'est pas loin. Je n'aime pas les voyages en avion et n'ai nulle confiance en leur mécanique.

Je vous envoie, cher ami, l'expression de ma meilleure sympathie.

René Magritte[1]

Georgette apparut dans sa robe de nuit blanche, qui lui fit penser à son tableau intitulé *In memoriam Mack Sennett* où l'on voyait une longue robe de chambre immaculée suspendue dans une armoire. Seuls les seins pointaient, comme si ce vêtement était habité par un fantôme. Sa femme l'avait toujours beaucoup inspiré. De sa jeunesse elle avait gardé le charme et l'élégance, avec cet accent belge qui la rendait populaire. Il aimait ce mélange des genres. René, qui avait manqué de stabilité dans son enfance et son adolescence, trouvait dans le quotidien rythmé par Georgette une certaine sécurité dont il avait besoin pour pouvoir entrer dans son univers délirant, même si sa technique de peinture ne l'était pas. Sauf lors de sa période vache, tellement décriée et qui pourtant constituait un souffle vital dans son parcours.

Il alla fumer une cigarette sur son balcon avant d'enfiler son pyjama. Une Luxor à bout doré, face au soleil de minuit. Il n'aimait pas cette expression, qu'il trouvait ridicule, et avait été heureux de sa nouvelle trouvaille : le clair de lune de midi. Il avait hâte d'en faire part à son ami Scut avec qui il partageait tant de mots et d'images sorties de sa boîte de Pandore.

À la mer, il retrouvait son enfance, certes, mais aussi un air de liberté et l'envie de déployer ses rêves dans ce ciel où les nuages passaient tels des murmures. Bien qu'il

1. *René Magritte. Lettres à André Bosmans. 1958-1967*, Seghers/Isy Brachot, 1990.

ait des chaussures en caoutchouc aux pieds, il aimait marcher dans le sable. Cela lui procurait une sensation de douceur, une sorte de communion avec la nature. Peut-être cette tendresse dont il avait tant manqué lorsqu'il était petit.

— René, ne reste pas trop longtemps sur le balcon, tu vas attraper un rhume.

— Ça me donnera une vraie raison d'aller chez le médecin demain.

Il finit par rentrer et se mettre au lit avec le livre de Julien Gracq qu'il appréciait beaucoup, *Un balcon en forêt*. Le personnage principal passait son temps entre une *maison forte* cachée dans les arbres, à l'époque où planait une menace de guerre, et la demeure de celle dont il était devenu l'amant. Cette *maison forte* lui avait été inspirée par Aragon qui, dans un passage de son roman *Les Communistes*, décrit un chalet apparemment inoffensif dont le rez-de-chaussée était aménagé en blockhaus. Autrement dit, la paix au premier étage et la guerre au sous-sol… N'était-ce pas là le symbole de tout artiste ? ou même de la plupart des hommes ?

Le chapeau boule de René cachait l'enfant révolté dont l'épée s'était transformée en pinceau.

— René… Si, selon les dires de la femme de ménage, les photos à l'intérieur de l'enveloppe ont été déchirées, ça expliquerait la mauvaise humeur de Roger Doorman. Tu te rappelles m'avoir raconté qu'il avait l'air contrarié quand tu l'as croisé en revenant d'avoir promené p'tit Loulou ?

— Oui. La police a peut-être raison. Tu crois qu'on peut se suicider pour des photos ?

— On le saura demain. Fais de beaux rêves René.

Avant de s'endormir, Georgette pensa qu'il faudrait acheter du papier collant, et Magritte chercha une image réconfortante. Il se remémora le cinéma bleu, à Charleroi. Son frère Paul y vendait des billets, ce qui permettait à René d'aller voir gratuitement quatre ou cinq films d'affilée. Il adorait les westerns américains et les films comiques. Et il rêva d'Irma Vep, la sœur cadette de Fantômas, super-sexy dans sa combinaison noire moulante. Cet ange du mal au charme envoûtant lui avait inspiré une peinture : *La Voleuse.*

Comme la femme de chambre !

24.

Le lendemain matin au déjeuner, les Magritte se retrouvèrent à la table voisine de celle de la Castafiore, dans ses plus beaux atours, genre «Je me suis habillée avec une des tentures du château de Versailles». Un truc discret et moche à souhait. À son cou, un collier clinquant que si tu tombes en panne en voiture la nuit t'as pas besoin de tes feux de détresse. Et bien sûr son chapeau garni de pommes, de quoi faire une compote. *Il y a un âge,* pensa Magritte, *où l'on ne cherche plus qu'à se séduire soi-même ou à se faire remarquer à tout prix, quitte à être ridicule.* Il était inimaginable qu'elle puisse croire appâter encore quelque mâle, même aveugle, dans cet accoutrement outrancier au point d'en être presque carnavalesque!

Il la salua néanmoins avec une déférence reflétant toute l'hypocrisie dont on peut être capable au nom de la politesse.

— Vous êtes matinale aujourd'hui, lui fit remarquer Georgette.

— Oui, je rentre *at home*. Mon majordome m'a téléphoné pour m'avertir qu'un ami de Daisy a appelé pour dire qu'elle avait dû partir à l'étranger *because* son travail et que je ne m'inquiète pas. *Everything is OK*, et je n'ai donc plus de raison de rester ici, d'autant qu'il pleut trop souvent à mon goût. Ce climat ne me dépayse pas. Dans le Yorkshire, le temps est souvent gris. Je préfère Biarritz.

— Oh, voilà une bonne nouvelle ! s'exclama Georgette.

Oui, pensa René, *c'est une excellente nouvelle de savoir qu'on ne devra plus se farcir cette dinde aux repas.*

— Si vous me permettez, continua sa femme en s'installant à leur table, pourquoi Daisy ne vous a-t-elle pas téléphoné elle-même ?

— *I suppose* qu'elle était *busy* avec son travail. Elle a dû donner mon *phone number* à un ami, *it's simple.*

— Certes…

René sentait que quelque chose turlupinait son épouse. La vieille avait sauté sur l'occasion pour se rassurer et partir d'ici, où visiblement elle ne remportait pas le succès escompté malgré ses efforts de séduction.

Vu la proximité de la Castafiore, qui était un peu sourde mais pas pour tout, René et Georgette se contentèrent de déjeuner, croissants et café noir, avec Loulou qui guettait les miettes sous la table.

— René, ne jette pas les papiers à sucre, donne-les-moi, je vais les mettre dans ma sacoche pour Scut.

Leur ami Louis Scutenaire les collectionnait.

— Tu connais sa dernière ? demanda René.

— Non. Il écrit tellement…

— « C'est toujours dans le désert que l'on casse sa bouteille d'eau. »

Écrivain et poète surréaliste, Scutenaire – surnommé « le Moine zen » – était un des meilleurs amis et complices de René. Georgette clamait souvent : « On dirait deux gamins ensemble ! »

Ensuite, les Magritte dirent au revoir à la boîte à bonbons qui venait de s'asperger de parfum, à faire éternuer un bataillon de soudards. Une odeur écœurante avait envahi toute la salle et René attrapa une quinte de toux.

— Quelle bique, grogna René en regagnant le hall. Elle va tous nous tuer avec son gaz lacrymogène !

— Tu seras plus crédible pour la visite chez le médecin.

Le Dr Tytgat avait son cabinet dans l'avenue Lippens, pas loin de leur hôtel, et les Magritte s'y rendirent à pied. En chemin, Georgette fit part de ses doutes à son mari.

— Tu ne trouves pas bizarre que Daisy n'ait pas téléphoné elle-même ?

— Si, un peu. En même temps, vu l'engin qu'est sa grand-mère, je peux comprendre que sa petite-fille prenne ses distances.

— Pourtant, cette dame avait l'air de dire qu'elles s'entendaient bien toutes les deux.

— Tu n'as qu'un son de cloche mon p'tit poulet.

Ils arrivèrent chez le médecin, qui consultait dans une grande maison de style Art nouveau. Le cabinet était à l'image de l'extérieur, chic et cossu. On s'y sentait en sécurité.

Le Dr Tytgat avait une quarantaine d'années et encore beaucoup de charme, pensa Georgette qui le trouvait assez séduisant. Cheveux gris, petites lunettes rondes lui donnant un air amusant, et poignée de main chaleureuse. D'emblée, il félicita Magritte qu'il admirait énormément. Ami avec le directeur du casino, il connaissait bien sûr ses peintures – « D'ailleurs, ajouta-t-il, j'en ai une chez moi » – et avait été présent au vernissage.

— Qui ne me laisse pas un très bon souvenir, dit René. Tout cela à cause d'une sale blague de mon ami Marcel Mariën qui avait fait circuler des tracts intitulés « La grande baisse » informant les visiteurs que j'avais décidé de vendre mes œuvres à des prix dérisoires, précisant que le cadre n'était pas compris dans le prix ! Le tout soi-disant signé de ma main.

— Il recevait des félicitations de partout, ajouta Georgette.

— Je m'en souviens ! À l'entrée, des billets de banque frappés à votre effigie étaient distribués. Pourquoi votre ami avait-il fait cela ?

— Parce que je commençais à avoir du succès et que les surréalistes n'aiment pas ça. Pour eux, un artiste qui réussit se met en danger de perdre son identité et son talent. C'est comme vendre son âme au diable, en quelque sorte. On doit rester dans l'ombre et dans l'anonymat.

— C'est absurde ! Je ne connais pas un artiste qui n'ait besoin de reconnaissance, s'exclama le médecin.

— Oui, à part les surréalistes qui placent l'art au-dessus de tout. Ils ont détesté quand j'ai peint des portraits sur commande.

— Vous devez beaucoup leur en vouloir !

— Non. Mariën est mon ami. Je ne peux lui jeter la pierre car j'ai moi-même participé, avec notre ami Nougé, à diffuser des tracts anonymes défiant avec virulence la morale et les conventions sociales. On signait : « L'imbécile, L'emmerdeur… ou encore L'enculeur ! »

— Évidemment, dans ce cas, difficile de blâmer votre ami pour cette sale blague, conclut le Dr Tytgat. Alors, qu'est-ce qui vous amène ?

— Mon mari a des problèmes de gorge, il fait souvent des angines et il tousse beaucoup, répondit Georgette.

La santé de René, c'était son affaire. Elle veillait à ce qu'il mange bien, dorme bien, et tenait à ce que ce soit lui qui sorte Loulou pour prendre l'air.

— Vous fumez ?

— Pas beaucoup, mentit René.

— Trop ! décréta Georgette. C'est mauvais pour ses poumons, je lui ai déjà dit, mais il n'écoute pas !

Chez le médecin, Magritte avait cinq ans. C'était le gamin à sa maman qui désobéit et n'en fait qu'à sa tête. Sale gosse !

Maman espérait que le docteur allait lui interdire de fumer. Pas du tout !

— Freinez un peu. Il ne faut pas se priver des plaisirs de la vie, si c'en est un pour vous. Par contre, si c'est devenu une drogue, c'est autre chose. J'ai un confrère américain qui dit à ses patients : *Enjoy your life !* Profitez mon cher, profitez ! Avec parcimonie tout de même.

Georgette lui lança des roquettes. Si Jackie avait été le genre de chienne qui mord, elle l'aurait lâchée ! Malheureusement, son loulou aurait léché les cambrioleurs…

— Il lui arrive aussi de faire des crises hépatiques qui le fatiguent beaucoup et l'empêchent de peindre, précisa Georgette, remontée contre ce disciple d'Esculape trop permissif à son goût, et bien décidée à charger la mule, à savoir son mari.

— Je suppose que vous êtes suivi…

— Bien sûr ! Quand il a ses crises, mon mari reçoit des piqûres de cortisone.

— Je n'ai pas l'impression que ça change grand-chose, avoua René. Juste que j'ai moins de rhumatismes. En général, j'ai du mal à dormir. Par contre ici à la mer…

— Il dort comme un bébé, acheva sa femme.

— Donc, si je résume, fit le médecin, le problème actuel est que vous avez mal à la gorge. Je vais vous examiner.

René se retrouva torse nu et après une auscultation suivie d'un examen de la gorge et des oreilles, il put se rhabiller.

— Rien de grave, conclut le Dr Tytgat. Je vais vous donner un sirop et des pastilles à sucer.

— C'est tout ? marmonna Georgette, déçue.

Elle faisait partie de ces gens pour qui un bon médecin est celui qui prescrit beaucoup de médicaments.

— Non : profitez de l'air marin.

C'était un comble ! Elle avait connu un médecin qui soignait ses patients à coups de whisky. Tout juste s'il ne trinquait pas avec eux dans son cabinet… Autant dire qu'il y avait foule dans la salle d'attente !

René la sentait en rogne. Elle allait se lever et oublier le vrai but de leur visite : Daisy.

— Nous sommes à l'hôtel de la Plage, précisa Magritte. Et même de notre chambre nous respirons le bon air. D'ailleurs, nous avons rencontré la grand-mère d'une amie à vous, Daisy Fox.

— Daisy Fox..., répéta Tytgat, pensif.

— Euh... la vieille dame nous a dit que selon le directeur du casino, vous aviez proposé à Daisy de la ramener à l'hôtel, mais qu'elle avait préféré rentrer à pied...

— Ah oui ! La petite Anglaise ?

— C'est ça, approuva Georgette.

— Ce n'est pas une amie, je la connais à peine. Les Anglais, vous les croisez une fois et vous devenez leur *best friend.* Maintenant veuillez m'excuser, j'ai un autre patient qui doit arriver.

— Bien sûr ! fit René en réglant la note. Et encore merci ! Au fait, vous êtes de la famille du peintre Edgard Tytgat[1] ?

— Malheureusement non. Je serais plus riche, plaisanta le docteur.

René était très satisfait de ce médecin qui lui permettait de fumer et, en plus, de sucer des bonbons.

En sortant, Tytgat se baissa pour caresser la chienne, mais Georgette tira sur sa laisse.

Faire des doudouces à Loulou, ça se méritait !

---

1. Edgard Tytgat était un peintre impressionniste belge très coté, né en 1879. Aussi graveur et dessinateur, il a illustré *Le Petit Chaperon rouge*, *La Flûte enchantée*... Il représentait souvent des scènes de la vie quotidienne, des kermesses, des amoureux...

25.

— On a fait chou blanc, décréta Georgette. Ce charlatan ne nous a rien appris sur Daisy.

— Moi je le trouve très bien ce médecin, objecta René.

— Évidemment, il t'encourage à fumer et à sucer des boules.

— Le plaisir fait partie de la bonne santé, ma chère.

— Ça t'arrange bien ! En attendant on est bredouilles et notre enquête piétine. T'as rien remarqué chez ce type ?

— Si, il est très sympathique.

— Et tu as vu sa montre ?

— Oui, elle donne l'heure, se moqua René.

— C'est une Cartier. Preuve qu'il aime l'argent. Il avait d'ailleurs une grosse chaîne en or au cou.

— C'est un délit ?

— René ! Tu sais bien ce que je veux dire…

— S'il m'avait interdit de fumer et s'il m'avait donné une ordonnance à rallonge, tu n'aurais même pas fait la remarque. Tu as une dent contre lui, voilà tout.

Son mari n'avait pas tort. Quand Georgette n'aimait pas quelqu'un, elle avait tendance à lui chercher des poux.

Loulou traînait. Lorsqu'elle sentait qu'il y avait de la tension entre ses maîtres, elle se faisait remarquer pour qu'ils se soucient d'elle, ce qui avait pour effet de les calmer. Sa dadame la souleva dans ses bras et son maître en profita pour lui caresser la tête. À part ce vent qui lui hérissait les poils, elle était heureuse.

Les Magritte prirent le tram pour Ostende. Changer de paysage, même si c'était quasi pareil, leur ferait du bien. À Ostende, il y avait une autre ambiance qu'à Knokke. Plus populaire, plus artistique, trouvait René. Mais son épouse aimait le Zoute et ses boutiques de luxe. La ville d'Ostende, dont le nom signifie en néerlandais la « fin de l'Est », avait été construite autour du port. Spécialisée dans la pêche au hareng et très prisée des Anglais, elle était surnommée la « reine des plages ». Magritte aimait passer devant la maison de James Ensor[1], un peintre qu'il appréciait et qui avait participé à la création de ce qui était devenu une institution ostendaise, haute en couleur : Le Bal du rat mort, où l'on dansait masqué et costumé. Il trouvait beaucoup de charme à cette vieille bâtisse, avec la boutique de souvenirs que la tante du peintre tenait au rez-de-chaussée. Elle était remplie de vases chinois, de coquillages, de fleurs et de masques qui inspirèrent beaucoup l'artiste. Au-dessus, l'appartement d'Ensor était resté dans son jus et on pouvait y voir son poêle et tous ses objets, dont on retrouvait la plupart dans ses peintures. Et puis, quelle magnifique perspective lorsqu'on passait devant les colonnes des Galeries royales permettant au roi et à ses hôtes de se rendre à l'hippodrome à l'abri du vent et de la pluie. Léon Spilliaert les avait peintes dans certaines de ses œuvres. Spilliaert et Ensor ne s'entendaient guère. Ce dernier voyait un concurrent dans ce jeune peintre talentueux. Tous deux étaient inspirés par cette atmosphère unique, que l'on ne retrouvait nulle part sur la

1. On peut encore la visiter aujourd'hui au 29, Vlaanderenstraat.

côte. Le jeune Spilliaert avait commencé à peindre dans sa mansarde du quai des Pêcheurs, d'où ce goût pour les éclairages nocturnes et cette fascination, comme Magritte, pour la lune. Mais aussi parce que souffrant du cœur et de maux d'estomac, il était insomniaque et arpentait souvent la digue la nuit. Ne disait-il pas que l'art nous protège de la vérité qui tue ?

La villa de Rosa Velours ressemblait à celle de *Psychose* ! Austère et délabrée, la peinture écaillée et les volets pourris qui claquaient au vent… Georgette ne fit pas remarquer à René la ressemblance avec la lugubre demeure du film d'Hitchcock, qu'il n'aimait pas et qualifiait d'« imbécile de grand talent ».

— Je pense, mon p'tit poulet, que nous allons devoir passer outre.

— Pas question qu'on s'en aille ! Si on est venus jusqu'ici, c'est pas pour rebrousser chemin. On va visiter la baraque.

Cette initiative plut à Magritte, plutôt coutumier des visites interdites et toujours curieux de découvrir les secrets que renferment les maisons abandonnées. Cependant, il devait bien se l'avouer, quelque chose l'arrêtait. Rien qu'à regarder cette villa déglinguée, il avait des frissons. On aurait dit une vieille sorcière décharnée dont les os craquaient sous les morsures du vent, la tête couverte de tuiles verdâtres et la peau grise rongée par les embruns. Une peur irrationnelle l'envahit au moment où ils franchirent le portail en bois vermoulu. L'impression que tout ce qui pénétrait dans cet antre risquait d'y être englouti.

René regarda le ciel, y cherchant une tache bleue rassurante, mais il n'y vit que le miroir gris et tourmenté de la mer.

26.

Au moment où ils traversaient le parterre entourant la baraque, les Magritte furent interpellés par quelqu'un qui cria :

— Hé là ! C'est interdit !

Georgette se retourna et vit une vieille dame penchée à la fenêtre de la villa voisine.

— Désolée, on cherche Rosa Velours et…

— Rosa est partie depuis longtemps, lança la dame. Elle n'habite plus ici.

— Vous avez de ses nouvelles ? Vous savez où elle est ?

La vieille les observa et ne répondit pas tout de suite. Au bout de quelques secondes, elle leur demanda ce qu'ils lui voulaient, à Rosa.

— On peut venir vous voir ? lui proposa René. On va vous expliquer.

Sans doute attisa-t-il sa curiosité, qui prit le pas sur sa méfiance, et elle accepta. Puis, ce couple bien classique avec le beau petit chien, rien à voir avec des voyous. Il est vrai qu'à la côte, il n'y en avait guère. Malgré tout, en cette saison touristique il valait quand même mieux être prudent avec tous ces étrangers…

Les Magritte se rendirent donc dans la villa voisine. La dame se présenta comme étant Mme Amélie et les accueillit en s'excusant pour le désordre, elle était veuve et sa femme de ménage était en vacances. Georgette trouva que c'était plutôt bien rangé. L'ennui c'est que ça sentait le chat.

— Gérard est en vadrouille dans le jardin, vous pouvez entrer avec votre chien, il ne risque rien.

Elle leur expliqua que son défunt mari s'appelait Gérard et qu'elle avait trouvé ce chat le lendemain de sa mort. Elle avait vu là un signe ! Le matou était la réincarnation de son époux et donc elle l'avait baptisé Gérard, comme lui.

— Oh vous verrez, dit-elle, il est si mignon ! Il a une petite houppette sur le sommet du crâne, ce qui lui donne un air coquin. Et si je m'assieds avec un livre, il se perche sur mon épaule et on dirait qu'il lit avec moi ! Mais quand je relis *Le petit Prince*, il fiche le camp ! Allez comprendre…

René marcha sur quelque chose qui couina.

— C'est son canard, expliqua la vieille. Il ne joue qu'avec ça.

— Ah notre Loulou, précisa Georgette, a plein de jouets mais ce qu'elle préfère ce sont les pantoufles de mon mari.

René sentait que les deux femmes étaient lancées papotages toutous et qu'elles seraient intarissables. Il remit vite les pendules à l'heure place[1] et aborda le sujet de Rosa Velours.

— Pourquoi cherchez-vous à avoir de ses nouvelles ?

— En fait, expliqua Georgette, nous menons une enquête autour de son ex-mari, Roger Doorman et…

Les Magritte virent Mme Amélie changer de couleur.

— Ne me dites pas qu'il vous envoie !

— Ah non non, la rassura René, il ne risque pas. Il est mort.

1. « Il faut toujours remettre les pendules à l'heure… place », Johnny Hallyday.

— Oh ! s'écria-t-elle, quelle bonne nouvelle ! Mais il est mort mort, vous êtes sûr ?

— Certain. Il s'est noyé devant notre hôtel, à Knokke.

— C'est Rosa qui va être contente !

— Donc, vous savez où elle se trouve, en déduisit Georgette.

— Elle m'a fait jurer de ne rien dire à personne. Elle est partie à l'étranger et a refait sa vie, c'est tout ce que je peux vous dévoiler. Au fait, pourquoi vous intéressez-vous à cette histoire ?

— Nous aidons la police, expliqua Georgette.

— Ah ! Vous êtes détectives ?

— En quelque sorte…

— Oh ! fit-elle, tout excitée.

— Rosa ne revient plus jamais dans sa villa, dirait-on, continua Georgette.

— Non, elle avait trop peur. Son ex-mari la harcelait, même après leur divorce. Ce monstre était violent et tyrannique sous des airs charmants. C'est ainsi qu'il appâtait ses victimes. Et une fois qu'elles étaient tombées dans ses filets, il montrait son vrai visage. Celui d'un homme jaloux, possessif et dangereux. Si vous voulez mon avis, ce Roger Doorman était un cas de psychiatrie, mais comme beaucoup, il était en liberté. Rosa avait déposé plainte plusieurs fois contre lui et la justice avait fini par lui interdire de s'approcher de la villa, donc il profitait de la nuit pour venir la surprendre et l'effrayer. Elle vivait dans la terreur, la pauvre. Il en était obsédé au point de s'être fait tatouer une rose sur le bras…

— Oui, nous l'avons remarqué, fit Georgette. Pourquoi agissait-il de la sorte avec elle ?

— Parce qu'il n'avait pas supporté qu'elle le quitte. Son orgueil en avait pris un coup. Il se vantait toujours que c'était lui qui avait quitté les femmes avec qui il avait eu des relations et jamais l'inverse, vous voyez le genre !

— Donc, c'est seulement parce qu'il était fou. Ou avait-il un autre but ? poursuivit Georgette.

— Il aimait l'argent. Rosa avait hérité de cette villa à la mort de son oncle qui était antiquaire et cette petite idiote avait épousé ce Roger sans penser à exiger un contrat de mariage avec séparation de biens. D'office, il en avait la moitié ! Et la totalité si sa femme décédait. Bref, continua Mme Amélie, il pensait l'avoir domptée et avoir anéanti toute révolte chez elle grâce à son travail de sape, à savoir qu'il la rabaissait sans arrêt, mais Rosa était plus forte que ce qu'il avait imaginé. Elle a eu le courage d'aller voir la police. Je ne suis d'ailleurs pas étrangère à cette décision… Nous étions devenues amies et elle se confiait à moi. Ils habitaient Bruxelles et elle venait parfois passer quelques jours à la mer. Il ne la laissait que quelques jours seule, puis la rejoignait. Quand il n'était pas là, elle me racontait tout. Peut-être va-t-elle de nouveau s'occuper de sa villa maintenant que son tyran n'est plus là ! C'est dommage de laisser une si belle demeure à l'abandon, fit-elle d'une voix triste en regardant par la fenêtre. C'est étonnant quand même… Lorsqu'on les voyait, ils avaient l'air d'un beau petit couple et jamais on n'aurait pu s'imaginer ce qui se passait en réalité !

— La folie a en commun avec l'inspiration une liberté à l'égard des habitudes mentales dites « raisonnables », ajouta Magritte, comme perdu dans ses pensées.

— Mon mari est peintre, précisa Georgette, et il réfléchit souvent en miroir avec ses créations. Ce qui peut parfois paraître déroutant…

— Oh, je connais cela, dit Mme Amélie, mon mari était écrivain. Et tout ce qu'il vivait passait par le prisme de son écriture.

— Il a écrit quoi ?

— Principalement des poèmes, mais ce n'était pas son métier, il n'aurait pu en vivre bien sûr. Il était directeur d'une usine dans les Flandres. Écrire était sa passion.

— Nous ne voulons pas vous retenir plus longtemps, fit Magritte qui redoutait de devoir subir une lecture de poèmes. Merci pour votre accueil.

— Je vais m'empresser d'appeler Rosa pour lui annoncer la bonne nouvelle ! Vous savez, elle craignait pour sa vie. Ce sale type aurait bien été capable de la tuer pour hériter de sa fortune. Heureusement, grâce à son avocate qui a fait mention de ses plaintes et pu fournir au tribunal la preuve qu'il la battait, elle a gagné son divorce. Il n'a jamais avalé la pilule et voulait se venger de ce qu'il considérait comme un affront. Heureusement qu'elle n'a pas eu d'enfant avec lui ! Il prétendait qu'elle était stérile. Pourtant elle a eu un bébé il y a quelques mois avec son nouveau mari. Il y a parfois une justice en ce bas monde. Ou un ange gardien qui veille sur nous…

Il est vraiment temps de s'en aller, pensa René. Les anges et lui, c'était fumée de pipe. Il aurait pu dessiner Georgette et marquer « Ceci n'est pas un ange et heureusement ! ». Il les trouvait niais.

27.

Quand les Magritte prirent congé de Mme Amélie, le ciel s'était davantage obscurci. On aurait dit que le soir avait tiré les rideaux sur le pâle soleil qui bientôt allait être englouti par la mer.

— Mon p'tit bibi, tu penses à la même chose que moi ? fit René en voyant sa femme fixer la villa de Rosa Velours.

— Non peut-être !

La vieille voisine n'était plus à sa fenêtre et il leur suffirait d'entrer par le côté qu'elle ne pouvait voir de chez elle. Il ne leur fut pas difficile d'accéder à la porte-fenêtre occultée par un volet branlant qui céda à la première pression. Le grincement fut couvert par le bruit des vagues que l'on entendait gronder au loin et qui aurait pu se confondre avec les cris des mouettes.

Georgette fouilla dans sa sacoche et en extirpa une lampe de poche. Avec les volets fermés, pas de danger de se faire repérer.

Étrange, de découvrir cet intérieur délabré mais rempli de souvenirs ou de petits secrets bien cachés. Il y régnait une atmosphère de fin du monde, avec quelque chose du royaume de saint Nicolas ! Pour René, pénétrer dans des lieux défendus était comme retrouver certains plaisirs de son enfance. Il avait toujours éprouvé un immense plaisir à transgresser les interdits. Cela lui procurait un goût de liberté.

Georgette aimait ça aussi ; ces incartades aux règles mettaient du piment et des frissons dans leur vie de couple. *Deux gosses ensemble*, se disait-elle. Petite, elle adorait aller dans les trains fantômes à la foire, précisément parce qu'elle avait très peur et criait à chaque apparition de squelette ou de monstre. Cette peur-là faisait basculer le quotidien et paradoxalement oublier la mort.

La villa était sinistre certes, mais ne manquait pas de charme. Malgré l'odeur de moisi, il régnait ici une atmosphère poétique due aux objets enfantins, comme des boîtes à musique ou des petits jouets mécaniques. Devenu allergique à la poussière, René se mit à tousser. Prévoyante, Georgette avait toujours des boules au miel dans sa sacoche. Elle connaissait son homme !

Sur la table de la cuisine, une tasse remplie de… fourmis ! Un gilet rouge avait été posé négligemment sur le dos d'une chaise. Rongé par les mites.

— On dirait qu'elle est partie précipitamment, fit remarquer René.

Georgette s'approcha de l'évier et poussa un cri ! Dedans, un couteau à la lame maculée de sang séché !

— Mon p'tit poulet, on est dans une cuisine. Elle a peut-être coupé de la viande avant de partir.

— Oui… Et si c'était du sang humain ?

— Tenons-nous-en au fait et ne faisons pas de suppositions hasardeuses, lui conseilla René.

— Tu as raison. N'empêche que…

— Tss, tsss… Non ! Allons voir plus loin.

Le salon est dans un désordre artistique, pensa René. De nature à déclencher des images à peindre. C'était un bonheur pour lui qui aimait utiliser les objets usuels de son lieu de vie dans ses peintures, comme les vases, les chandeliers, les bouteilles ou les verres. Ici, un distributeur à cigarettes en bois, une boule de résine enfermant une méduse fossilisée, une lampe à huile de mineur, un cadran solaire, un fer à repasser en fonte, un bénitier et un Pierrot lunaire…

— On voit que son oncle était antiquaire, fit remarquer René.

— Oui, elle a tout gardé. Elle a dû laisser l'intérieur tel qu'il était. Tu ne trouves pas curieux de vivre dans le décor d'un autre ?

— Ou elle aimait son oncle au point de ne rien toucher, ou elle était fainéante, conclut René.

— Montons là-haut, c'est souvent dans les tiroirs des coiffeuses qu'on cache des secrets. Ou dans les boîtes à chapeaux !

À l'étage, deux chambres et une grande salle de bains au sol carrelé avec une baignoire sabot, un lavabo en émail blanc strié de veinules brunâtres et un bidet. Des araignées avaient tissé leur toile dans les coins. Georgette n'aimait pas ces bestioles et décréta que, de toute façon, on ne cache rien dans une salle de bains.

Une chambre était figée, pareille à une publicité pour un magazine de déco. Lit impeccable, recouvert d'un couvre-lit en satin matelassé orné de grosses fleurs, un fauteuil Louis quelque chose et des tentures lourdes de trop de motifs rococo qui pendaient telle une traîne de mariée fatiguée sur un tapis-plain défraîchi et déteint par le soleil.

L'autre chambre devait être celle de Rosa car le lit était encore défait, et un rouge à lèvres sans capuchon était posé sur la coiffeuse à côté d'un poudrier, d'une brosse à cheveux et d'un vaporisateur en cristal vénitien. Georgette le prit et s'aspergea. Elle aimait les « sent bon », comme on disait quand elle était petite. Elle mettait toujours le même, *Soir de Paris*, de Bourjois. Elle avait craqué sur la bouteille bleue qui lui faisait penser aux ciels de son mari. Celui de Rosa avait une odeur à la fois poudreuse et sucrée avec une légère pointe de violette qui lui plaisait beaucoup. *Ça change une fois…*, pensa-t-elle. Et elle glissa le vapo dans sa sacoche. Bon, c'était un petit larcin, certes, mais vu l'état des lieux il était fort peu probable que Rosa Velours revienne un jour ici. Et d'ici là, le parfum aurait perdu ses effluves. *Puis c'est comme les* serial killers *qui emportent toujours quelque chose de leur victime, moi j'aime bien rapporter un souvenir de mes escapades avec René.*

Georgette ouvrit les tiroirs pendant que Magritte explorait le rez-de-chaussée.

Sa théorie était la même que pour ses tableaux. Il ne faut pas chercher midi à quatorze heures et la solution est souvent là où c'est le plus évident : sous notre nez. Pour ça qu'il aimait Edgar Allan Poe.

Il était occupé à fouiller dans la bibliothèque remplie de bouquins poussiéreux quand soudain, il entendit un bruit. Quelque chose venait de tomber dans la pièce à côté… Une petite musique lancinante le fit frissonner.

Ils n'étaient pas seuls !

28.

Magritte se rendit prudemment dans la salle à manger et aperçut un chat, probablement celui de la voisine, qui le fixait de ses yeux verts, avec sa petite houppette sur le sommet du crâne.

— Gérard ?

Le matou miaula. Il était perché sur le buffet et avait renversé la boîte à musique qui s'était mise à jouer *La Vie en rose*.

Mû par sa manie – aimer que les choses soient à leur place alors que, dans sa peinture, les objets étaient dans les endroits les plus incongrus – il remit la boîte sur son meuble. Sans doute était-ce parce que dans son monde de peintre tout était décalé qu'il avait besoin d'une forme de logique dans la réalité.

Pendant ce temps, Georgette remuait les tiroirs de la commode dans la chambre de Rosa Velours. Les dessous affriolants attestaient son goût pour les plaisirs de la chair. Çà et là quelques foulards de soie. Elle l'imaginait en décapotable, aux côtés d'un beau prince de la côte venu l'enlever, princesse triste, des griffes de l'ogre prétentieux. Elle l'espérait heureuse à présent que plus aucune menace ne pesait sur elle. Mais les peurs sont des chiendents dont on a du mal à se débarrasser.

Elles reviennent souvent déguisées en cauchemars hanter l'empire des lumières.

Georgette sentit une boule au fond de sa gorge en pensant que cette femme vivait toujours et qu'elle fouillait dans son intimité. Une robe de nuit en satin mauve avait été nonchalamment jetée sur le dos de la chaise en face de la coiffeuse. Georgette frissonna en la voyant. Elle était si légère qu'elle donnait l'impression d'onduler, comme si elle contenait un corps sans tête, ni bras ni jambes, pas plus épais qu'une feuille de papier. Qu'espérait-elle découvrir ici ? Elle faillit abandonner... Sa curiosité l'emporta. Imperturbable, couchée sur le lit, Loulou observait sa maîtresse. Cherchait-elle un nonos ?

René ramassa la boîte à musique et aperçut une petite clef tombée par terre. Elle avait une forme particulière.

Il la glissa dans sa poche et chercha ce qu'elle pouvait bien ouvrir. Il repensa au couteau maculé de sang séché. Et si Rosa Velours avait tué quelqu'un ? En tout cas, pas son ex-mari, puisqu'on l'avait retrouvé noyé. À moins qu'elle l'ait étranglé avant ? Selon la voisine, elle était partie à l'étranger... Elle aurait pu revenir sans la prévenir.

Il se balada un peu partout et finit par trouver un coffret en marqueterie. Il essaya la clef, c'était la bonne ! Il souleva le couvercle et découvrit une lettre pliée en quatre, en papier parcheminé. Tellement fin qu'il eut peur de le voir tomber en miettes au toucher. Il déplia délicatement la missive et pour la lire, prit la loupe qu'il avait toujours dans la poche de son veston.

Je t'ai appelée Rosa Velours, du nom de la putain qui fut ta mère et ma maîtresse. Un soir, je t'ai trouvée toute petite, grelottant dans un panier sur le pas de ma porte. Je t'ai fait croire que j'étais ton oncle et c'est mieux ainsi. Je n'ai plus eu aucune nouvelle de ta mère. Je n'ai pas trop cherché non plus et je ne la juge pas. Si tu lis cette confession, c'est que je serai mort. J'ai préféré le mensonge à la vérité. Cela fait parfois moins mal. Mais je laisse le choix au hasard. On dit que tout le monde cherche le vrai. Je pense que c'est une erreur et qu'au contraire les secrets nous permettent de mieux supporter notre existence et de la garder ludique dans les jardins des fées. Prononcer les mots de nos douleurs les fait exister. Parfois, il vaut mieux se taire…

Je n'ai jamais eu besoin de connaître l'histoire des objets que je vendais dans ma boutique d'antiquités. Il me suffisait de les inventer.

L'essentiel n'est-il pas que je t'aie aimée ?

Ton père ou ton oncle, comme tu préfères.

René remit la lettre dans sa boîte et la clef dans celle à musique. Il était assez d'accord avec l'antiquaire. Ce dernier avait dû écrire cette confession pour soulager sa conscience. La peur de l'ultime porte à franchir. Celle du mystère. Et l'on a beau s'inventer des dieux ou autres fantaisies pour tenir le coup, au dernier moment tout s'effondre. On n'est plus sûr de rien, que de cette nuit profonde à laquelle on ne peut échapper car nos yeux sont fermés pour toujours.

— René !

En haut des escaliers, Georgette le regardait d'un air triomphant. Elle descendit les marches suivie de Jackie, qui remuait la queue comme pour traduire la joie de sa maîtresse.

— Regarde ce que j'ai trouvé !

Elle lui montra une photo de deux femmes. L'une d'elles était Daisy qui enlaçait affectueusement l'autre par la taille. L'autre devait être Rosa. À n'en pas douter, elles étaient amies.

— Elles ont dû être complices dans la souffrance, conclut Georgette.

— Oui… Sans doute mon p'tit poulet… Mais à quoi cela nous avance-t-il dans notre enquête ?

— M'enfin René, Rosa pourra nous aider à retrouver Daisy. Elle doit savoir où elle se planque. Peut-être même est-elle partie se cacher chez elle…

— Et comment retrouver Rosa ?

— Nous devrons réfléchir à un argument pour tenter de persuader la voisine de lâcher le morceau.

— Les femmes sont douées pour les petits mensonges… Je te laisse cogiter, mon p'tit bibi.

Et les hommes pour les gros, pensa Georgette. Elle lui sourit. Elle avait déjà son idée.

29.

René et Georgette rentrèrent tard et ne croisèrent pas la femme de ménage, qui avait dû rentrer chez elle. Pour les photos, c'était râpé ce soir.

Ils attendirent le lendemain pour retourner voir la voisine de Rosa Velours à Ostende. Un vent taquin fit s'envoler le bibi de Georgette et René, en galant homme, courut après tandis que Loulou pensant à un jeu aboyait de plaisir.

Mme Amélie leur ouvrit direct. Plus de méfiance cette fois, elle les connaissait. Georgette lui raconta que la femme de chambre de l'hôtel avait trouvé cette photo dans la chambre de Daisy, oubliée dans le tiroir de sa table de nuit.

— Auriez-vous l'amabilité de nous mettre en contact avec Rosa afin de savoir si elle a des nouvelles de son amie, et si par hasard elle ne se serait pas réfugiée chez elle ?

Ce ne fut pas difficile. La vieille dame ouvrit le tiroir de sa commode et en extirpa un carnet qu'elle feuilleta avant de recopier les coordonnées sur un papier qu'elle leur tendit. Ensuite elle leur proposa un thé que les Magritte refusèrent poliment. Ils avaient d'autres envies…

— Et voilà ! jubila Georgette en sortant. On l'appellera de notre hôtel. En attendant, on irait bien manger une gaufre au suc'. Qu'en dis-tu René ?

— Bonne idée. Après, j'aimerais faire un tour à dos de chameau avec p'tit Loulou. Hein ma fifille ?

Loulou le regarda d'un air joyeux. Elle ne pigeait pas tout ce qu'il disait mais à son ton enjoué, elle comprenait qu'elle allait avoir bien du plaisir. Gâtée va !

Après leur petite balade, les Magritte regagnèrent leur hôtel pour appeler Rosa Velours. Pendant que son mari allait se changer dans leur chambre – Georgette trouvait qu'il sentait le chameau ! – elle s'installa sur la terrasse avec Loulou. Il faisait beau. Et quand il y a du soleil à la mer du Nord, on bronze plus vite qu'ailleurs. René n'avait toujours pas remarqué qu'elle avait changé de parfum. Il est vrai qu'il n'avait jamais eu l'odorat très développé. Pas comme leur petite Jackie qui aurait pu être un chien truffier ! Celle-là, dès que Georgette faisait la cuisine, elle cavalait du fond du jardin pour être aux premières loges. Georgette fouilla dans son sac, en extirpa le vaporisateur et s'aspergea abondamment. Si cette fois René ne sentait rien, c'était suspect. C'est qu'il ne faisait plus attention à elle et il lui faudrait être vigilante. Son homme pouvait encore séduire. Il avait de l'allure et elle était bien placée pour savoir que les peintres plaisent beaucoup à ces dames. Surtout lorsqu'ils ont une certaine notoriété, comme son René. Elle avait un avantage, c'est qu'elle avait toujours été à ses côtés même pendant ses longues années de galère. Et puis, ils se connaissaient depuis l'enfance et cela crée des liens indestructibles.

Lorsque le garçon de café vint lui apporter sa commande, il se pencha pour déposer la tasse de café devant elle et la regarda pire que s'il avait été envoûté.

— Oh, madame Georgette ! Vous avez le même parfum que Mme Daisy. C'est si particulier… J'adore !

Georgette en fut flattée. Il faut peu de chose aux femmes pour roucouler de plaisir… Si René avait été là, il aurait sûrement trouvé un bouton sur le nez de ce garçon.

Après cette remarque, elle en conclut qu'en toute logique Daisy était allée voir son amie Rosa lors de son séjour à Knokke. Pourtant, la voisine était formelle : Rosa était partie en France et n'était pas revenue. Ou Daisy avait acheté le même parfum pour sentir l'odeur de son amie, ou elle avait fouillé la villa… Pour y chercher quoi ?

30.

Magritte déboula tout fringant. Il plaisait toujours autant à Georgette. À certains moments elle avait l'impression d'être dans un train à grande vitesse et, à d'autres, qu'il s'arrêtait dans les petites gares où elle retrouvait son homme et ces flammes qui ravivaient leur amour.

Tous deux veillaient à rester élégants. Même lorsqu'il peignait dans la salle à manger avec ses pantoufles à carreaux, René gardait son costume, ce qui lui donnait une certaine prestance. Il détestait les ateliers. Il ne trouvait l'inspiration qu'au milieu de son décor de vie, entouré des bibelots du quotidien.

Les blouses de peintre étaient pour lui des apparats de guignol inutiles aux artistes de talent. Il n'en avait utilisé une que lors de la création de la grande fresque du casino. Il l'appelait un « blanc de travail ». Georgette se rappela qu'il s'adonnait à des séances d'acrobaties et grimpait sur des échafaudages pour mettre la main à la pâte. Elle avait peur ! C'était un sacré boulot. Il devait réaliser huit tableaux recréant son univers. Bien sûr il avait des aides, pourtant cela avait quand même duré six mois pour finaliser ce qui allait devenir *Le Domaine enchanté*.

Georgette fit part à René de la remarque du garçon de café.

— Ben oui, j'ai piqué le parfum de Rosa Velours, avoua-t-elle.

— Ça je m'en fiche mon p'tit poulet, mais qu'est-ce que ce garçon avait besoin de mettre son nez – qu'il a très grand d'ailleurs – dans ton cou ?

Et voilà, s'amusa-t-elle intérieurement, *en plein dans le pif !*

— C'est en me servant mon café.

— Je plaisante ! Je ne suis pas jaloux, y a pas d'avance.

Non peut-être ! Va une fois voir à la basilique de Koekelberg si j'y suis.

— Daisy Fox pouvait très bien avoir le même parfum, sans plus, conclut René.

— Non, ce parfum est très particulier. C'est pas une marque courante, je m'y connais. Quand je vais chez le parfumeur, je lui demande chaque fois de me les faire presque tous sentir.

— Pour au final acheter toujours le même, se marra son mari. C'est comme celui qui va au restaurant tous les soirs, passe un temps fou à détailler la carte et commande immanquablement des spaghettis bolognaise. Bref, tu es une emmerdeuse.

— Pas du tout ! Je suis curieuse. Et heureusement, grâce à ça, nous voilà avec un indice supplémentaire. À toi de découvrir lequel en questionnant Rosa Velours.

— Ah, à supposer que j'arrive à la joindre au téléphone, tu veux que je lui dise que tu as piqué son parfum, que tu t'en es aspergée pire qu'avec un Fly Tox pour tuer les mouches et qu'un malotru t'a reniflée en te signalant que tu avais la même odeur que Daisy.

— M'enfin René, toi qui as tant d'imagination pour tes tableaux, tu trouveras bien quelque chose pour l'inciter aux confidences sur Daisy. Avait-elle les clefs de sa villa ? Y allait-elle parfois ? Bref, mouline !

René soupira et se dirigea vers le hall. Le bellâtre de service le suivait du regard, engoncé dans sa veste de Spirou. En Belgique, beaucoup de gens ressemblaient à des personnages de bande dessinée. Ainsi lui-même, la moustache en moins, ne faisait-il pas penser aux Dupont et Dupond avec son chapeau boule? *Motus et bouche cousue* était leur devise. La sienne aussi. Magritte était du genre renfermé et discret avec ceux qui ne faisaient pas partie de son cercle d'amis.

Il forma le numéro de Rosa Velours et tomba sur une voix de femme.

— Bonjour, je voudrais parler à Rosa, s'il vous plaît.

— C'est pour quoi? fit la voix, méfiante.

— Pour lui annoncer une bonne nouvelle: Roger Doorman est mort.

Un grand silence s'ensuivit. Magritte crut un moment que la femme avait raccroché.

— Allô?

— Oui, je suis Rosa… À qui ai-je l'honneur?

Elle avait une voix veloutée et portait bien son nom. René l'imaginait jolie. À ce moment-là seulement il se rendit compte que dans la villa, il n'y avait aucune photo d'elle. Les avait-elle cachées ou détruites volontairement pour ne laisser aucune trace?

— Je suis détective privé. Je travaille avec ma femme et notre chien policier.

Si elle voyait le molosse, genre potiche de salon, elle me prendrait pour un guignol…

— C'est lui qui a découvert le cadavre de M. Doorman sur la plage, ajouta-t-il fièrement. Et nous aidons la police à retrouver son épouse, Daisy. C'est ainsi que de fil en anguille, se hasarda-t-il pour détendre l'atmosphère (après tout on était à la mer), nous avons appris que vous aviez été sa première épouse. Et nous sommes allés à Ostende où votre charmante voisine nous a communiqué vos coordonnées en nous expliquant ce que ce sale bonhomme vous avait fait endurer. Dorénavant, vous n'aurez plus à avoir peur.

— Je n'arrive pas à croire qu'il soit mort ! jubila Rosa. C'est la meilleure nouvelle qu'on puisse m'annoncer ! Merci monsieur !

— De rien. En revanche, pouvez-vous nous aider à retrouver Daisy Fox ? Vous étiez amies n'est-ce pas ?

— Oui. Quand ce salopard de Roger a commencé à la tabasser, elle a cherché à me contacter. Parce que la première année, il était charmant. Comme avec moi. Prévenant, attentionné… C'est après que ça se gâtait. Une fois la passion éteinte, il devenait intransigeant, despote, capricieux. Un vrai tyran ! Et si on ne lui obéissait pas, il pratiquait le harcèlement moral. Le pire de tous car il ne se voit pas. Ensuite, il passait à l'étape suivante : les coups ! Suivis par des périodes angéliques où il tentait de se racheter en nous couvrant de fleurs. Ah, il était habile pour nous faire culpabiliser ! Il arrivait toujours à retourner les faits en sa faveur. S'il avait été violent c'était à cause de notre attitude. Un psy nous ferait le plus grand bien ! Lui, bien entendu, n'en avait pas besoin…

— Classique.

— Oui. Mais quand on est le nez dedans et en état de faiblesse, on gobe tout. C'est ainsi que Daisy et moi sommes devenues amies dans la tourmente. À force de nous raconter nos vies avec lui, nous nous sommes aperçues qu'elles étaient semblables, qu'il reproduisait les mêmes schémas avec l'une et l'autre et que par conséquent, nous n'étions pas fautives et n'avions pas à nous sentir coupables. C'était lui le grand malade, le pervers narcissique qui ne cessait de parler de lui et encore de lui en se mettant constamment sur un piédestal. Dites, vous êtes sûr qu'on ne l'a pas tué ? Parce que c'est le genre de monstre qu'on a envie d'égorger…

René pensa au couteau taché de sang séché dans l'évier de la villa.

— Apparemment, il est mort noyé. Il se peut cependant que quelqu'un l'ait assommé avant de le jeter dans l'eau.

— Je ne voudrais pas que Daisy soit inquiétée.

— Il y a peu de chance car la police a conclu à un accident. Il y en a pas mal en cette saison. Les vacanciers sont imprudents.

— Tant mieux ! Si Daisy l'avait assassiné, elle mériterait qu'on lui décerne une médaille.

— Vous avez de ses nouvelles ? s'enquit René.

— Non, justement, je suis inquiète. Elle m'a appelée la veille de son départ pour me dire qu'elle avait quelque chose d'important à m'annoncer, mais pas au téléphone. À force de vivre avec l'autre crétin, elle était devenue parano. Je sentais aussi qu'elle avait très peur. Elle voulait passer me voir avant d'aller chez sa grand-mère en Angleterre. Elle n'était pas tranquille. Elle craignait, je crois, que son mari vienne la harceler là-bas. Il connaissait bien sûr l'adresse. Pas la mienne !

— Nous avons rencontré sa grand-mère à l'hôtel, expliqua Magritte. Elle était inquiète car Daisy ne l'a pas rejointe à la date prévue. N'ayant eu aucun signe de sa part, elle a décidé de venir la chercher. Sauf que Daisy a disparu ! Puis, il y a quelques jours, le majordome de la lady l'a appelée pour la prévenir qu'il avait reçu un message d'un ami de Daisy l'avertissant que tout allait bien, qu'elle avait dû partir à l'étranger à cause de son travail.

— C'est pas possible, affirma Rosa Velours. Elle devait venir ici le lendemain de son départ. Et m'avait assurée qu'elle prenait un train de nuit pour nous rejoindre dans le Midi. D'ailleurs j'avais préparé sa chambre…

— C'est effectivement étrange, avoua Magritte. Dites-moi, avait-elle les clefs de votre villa ?

— Oui, je lui avais fait un double. Pour qu'elle puisse y aller en toute discrétion avec son amant…

Ce qui explique, pensa Magritte, *qu'elle s'aspergeait du parfum de son amie pour pimenter ses nuits d'amour.*

— Ah ! Et vous savez qui c'est ?

— Non, justement. Elle allait tout me raconter à son arrivée.

— Si vous avez de ses nouvelles, appelez-moi à l'hôtel de la Plage à Knokke.

— Bien sûr, monsieur… ?

— Magritte.

— Oh ! comme le peintre !

— Oui, sauf que moi c'est avec un seul t, précisa René qui préférait rester dans l'anonymat en menant ses enquêtes.

Je dirais même plus mon cher Dupont, avec un t…

— Maintenant, termina-t-il, vous pouvez enfin voir la vie en rose.

Avant qu'elle raccroche, il entendit brailler un bébé. Il avait laissé un « coquillage sur le sable ». Allait-elle faire le rapprochement avec la boîte à musique ?

Il alla rejoindre Georgette en fredonnant : « Quand "elle" me prend dans ses bras, "elle" me parle tout bas, je vois la vie en rose… »

31.

René fit part de sa conversation avec Rosa Velours à Georgette qui l'écoutait attentivement.

— Alors, s'exclama-t-elle, si Daisy ne s'est pas rendue chez Rosa, et qu'elle ne l'a pas prévenue non plus, c'est qu'il s'est passé quelque chose ! Ce n'est pas plausible qu'elle ait demandé à un ami d'avertir sa grand-mère plus d'une semaine après !

René en était arrivé à la même conclusion.

— Tu ne trouves pas sinistre d'aller faire l'amour dans cette villa, mon p'tit bibi ?

— Les femmes aiment les endroits incongrus. Avoir peur donne de l'adrénaline, puis c'est romantique.

Rien que d'aller se coucher sur ces lits poussiéreux, René avait envie d'éternuer ! Avait-il oublié que, gamin, il aimait se cacher au cimetière, dans les caveaux dont il pouvait soulever les lourdes portes de fer, avec cette petite fille en robe bleue qui avait coloré tous ses ciels… et pour laquelle il s'amusait à créer des atmosphères mouvementées de gares, de fêtes ou de villes ?

— J'espère que ce soir on verra la femme de ménage et qu'elle nous apportera les photos, fit René. Peut-être aurons-nous la réponse à nos questions ? Et que cela nous mettra sur la piste de Daisy. Pourvu qu'elle soit toujours en vie.

— Moi, je pense qu'elle se cache. Peut-être ignore-t-elle encore que son tyran de mari est mort.

— Il est en effet peu plausible qu'elle l'ait noyé. Il faut une certaine force et d'après sa photo, elle n'avait pas l'air d'être une lanceuse de javelot ! Et si elle avait demandé à son amant de tuer son mari ? Dans ce cas elle se planque en attendant que cette affaire soit oubliée. Il se peut qu'elle ignore que l'enquête a été classée sans suite par la police. Les journaux ne sont pas entrés dans les détails…

René ne voulait pas se montrer pessimiste, mais quand il vit le ciel se couvrir de nuages noirs, il prit cela pour un mauvais présage.

Georgette profita du temps maussade qui ne donnait pas envie d'aller à la plage pour se balader avenue Lippens et faire du lèche-vitrine. Elle avait envie de s'acheter un « bête » maillot de bain, autrement dit une coquetterie soi-disant pas chère qui au final coûtait bonbon. Peu importe, Magritte avait toujours été généreux, surtout avec son épouse. Georgette avait coutume de dire qu'elle avait un mari en or.

Elle choisit un maillot à gros carreaux, sachant que René prendrait plaisir à la photographier avec. Soit assise sur la plage, soit devant une barge.

Sur sa dernière photo d'elle, on la voyait étendue sur le sable, dans sa robe écrue au décolleté carré brodé de fleurs ton sur ton et son boléro en coton blanc. Un bracelet de perles près de l'oreille et une pipe au-dessus de la tête, telle une clef des songes évoquant la puissance du sommeil et des rêves irrationnels, elle avait l'air de dormir. Il avait intitulé cette œuvre *La Marchande d'oubli*.

Lorsqu'il prenait des photos, Magritte s'amusait beaucoup. Il lui arrivait de se mettre en scène lui-même et de demander à son épouse d'appuyer sur le bouton. Comme quand elle avait fait ce portrait de lui baptisé *L'Éminence grise* : de dos, en maillot noir, un livre ouvert accroché à sa bretelle donnant à lire dans ses pensées. Il confirmait ainsi son obsession pour le double visage. Magritte aimait jouer à pile ou face et faire un pied de nez aux bonnes manières et aux situations convenues.

Avant de rentrer à l'hôtel de la Plage, ils s'arrêtèrent dans un magasin de friandises, Chez Moeder Babeluttes. René adorait les chiques et les boules et Georgette aimait cette odeur sucrée qui lui rappelait son enfance. Ils s'assirent sur un banc face à la mer pour déguster quelques sucreries et dévorer un sachet de cuberdons, que l'on appelait aussi « chapeaux de curé ». Pour un anticlérical tel que Magritte, c'était un bonheur de mordre dedans !

32.

— René, suce ta babelutte ! Ne la croque pas, conseilla Georgette en entendant un « crac ». Tu vas te casser une dent.

Georgette était comme une maman pour lui. Et René était à la fois son mari, son amant et son enfant. Mais l'artiste n'avait ni dieu ni maître, à part peut-être De Chirico, ce peintre italien qui lui avait ouvert des horizons insoupçonnés.

De retour à l'hôtel, ils croisèrent la femme de chambre. Elle leur remit l'enveloppe.

— Je ne vous ai pas oubliés sauf qu'hier soir, je ne vous ai pas vus, s'excusa-t-elle.

— Nous sommes rentrés tard, nous avons mangé chez des amis, mentit Georgette.

Après l'avoir remerciée, ils s'empressèrent d'entrer dans leur chambre. Ils avaient hâte de découvrir ces fameuses photos qui avaient probablement provoqué la colère de Roger Doorman, au point de les déchirer en petits morceaux.

— Eh bien, s'exclama Georgette en ouvrant l'enveloppe, on va devoir s'amuser à faire des puzzles.

— J'ai horreur de ça, fit René.

— Je sais. Laisse-moi faire. J'ai pensé à acheter du papier collant avenue Lippens quand tu m'as laissée pour aller boire une bière au café.

— Quelle femme prévoyante, se moqua son mari.

— N'empêche que ce sera utile pour recoller les morceaux.

— Il faudrait inventer du papier collant pour les couples qui se déchirent…

Pendant que René contemplait la mer en fumant sur le balcon, Georgette s'attela à la tâche et étala tous les petits bouts de photos sur le lit. Puis elle s'amusa à recomposer les images. Cela lui prit pas mal de temps, signe que Doorman avait vraiment passé ses nerfs dessus. Le résultat final valait la peine – seule une photo était tellement déchiquetée qu'il était impossible de la reconstituer.

— René ! J'ai terminé. Viens une fois voir !

Il écrasa sa cigarette et se précipita à l'intérieur.

Ils reconnurent le directeur du casino et Daisy assise à côté du Dr Tytgat, sur la terrasse face à la plage. Ils avaient l'air heureux. Daisy Fox était une femme simple qui semblait ne pas avoir besoin de grandes toilettes pour séduire. Elle avait l'élégance naturelle de celles sur qui n'importe quel bout de tissu devient une robe de princesse. Elle était à croquer dans son bain de soleil jonquille mettant ses longs cheveux châtains en valeur.

— Elle a un sourire gentil, fit remarquer Georgette.

— Oui, elle est jolie.

Connaissant la vie triste que Daisy avait menée avec son mari, Georgette n'éprouva aucune jalousie. Et elle était contente de la voir si souriante, même si…

Sur la dernière photo, on voyait la main du docteur posée discrètement sur sa jambe.

— Oh ! s'exclama Georgette. Tu crois que…

— C'est peut-être amical, mon p'tit poulet. Ne supputons pas.

— Oui, enfin, ne soyons pas naïfs non plus. Si un homme me faisait ça, tu lui flanquerais une caramelle !

— Non, je lui couperais la main.

Georgette éclata de rire. Son mari n'aurait pas fait de mal à une mouche. Même si, quand il était jeune, il était connu pour avoir le sang chaud et créer des bagarres. Il s'était assagi. Enfin, il arrive parfois que les éclairs endormis déchirent les ciels d'été.

— Qui a bien pu donner ces photos à Roger Doorman ?

— Quelqu'un de mal intentionné qui voulait lui montrer que sa femme a un amant. Qui a intérêt à agir de la sorte et pour quel motif ? se demanda Georgette.

— Elles peuvent dater de l'année dernière puisque Daisy est venue seule deux fois de suite.

— On va les montrer demain au directeur du casino, il nous le dira bien.

René alla chercher sa loupe dans la poche de sa veste et ils détaillèrent chaque cliché. À y regarder de plus près, Daisy semblait contrariée malgré son sourire. Visiblement quelque chose la turlupinait.

— René, observe bien… Y a rien qui te frappe ? demanda sa femme.

— Daisy regarde amoureusement le docteur.

— Oui, c'est vrai. Mais y a autre chose. Quand ils sont tous les deux sur la photo, ce n'est pas le directeur du casino qui les prend. On voit son reflet dans la vitre et il est toujours assis à sa place. Il y a une quatrième personne.

— Effectivement mon p'tit bibi, mais en quoi cela te gêne-t-il ? On peut demander à une tierce personne d'appuyer sur le bouton. Rien d'étrange là-dedans.

— En tout cas, une chose est sûre, affirma Georgette, ce n'est pas Roger Doorman qui a pris ces photos, même si ce type m'a toujours paru louche. Il triait les crevettes qu'il y avait dans ses croquettes.

— Incontestablement mon p'tit poulet, se moqua René, c'est suspect.

33.

Le lendemain matin, quand ils quittèrent leur chambre pour aller déjeuner, ils croisèrent la femme de ménage, qui leur demanda s'ils avaient pu rassembler les morceaux épars des photos. Ils lui expliquèrent que c'étaient bien des souvenirs de vacances sans grande importance.

— C'est bizarre, pourquoi M. Doorman les a déchirées ?

— Parce qu'elles étaient floues. Bonne journée ! lança René en touchant le bord de son chapeau.

Elle parut se satisfaire de cette explication et les Magritte prirent les escaliers pour descendre dans la salle du restaurant. Ils avaient remarqué que Loulou tremblait dans l'ascenseur. Et pas question de flanquer la trouille à leur fifille !

La nuit, réveillée par les ronflements de son mari, Georgette avait allumé sa lampe de chevet pour examiner de nouveau les clichés. Elle attendit qu'ils soient assis à table pour faire part de ses déductions, un peu comme ils en avaient l'habitude chez eux à Schaerbeek lorsqu'ils cogitaient dans leur cuisine.

— René… Tu n'as rien remarqué d'étrange sur les photos, hier soir ?

Il mordit dans son croissant en faisant la moue.

— Ils veulent se la jouer à la française, grogna-t-il. Moi je préfère les couques et les gosettes aux pommes.

— Quel difficile !

— Si on perd nos spécialités, on perd notre identité.

— Certes, approuva Georgette qui s'en fichait, trop occupée par l'affaire Daisy Fox. Alors, tu réponds à ma question ?

— Non, rien d'autre que ce que ces clichés nous montrent, décréta Magritte qui restait pragmatique lorsqu'il s'agissait de mener des enquêtes.

— Les personnages ne regardent pas l'objectif. Or normalement quand tu demandes à quelqu'un de te prendre en photo, tu poses. Ici, ils ont l'air d'avoir été photographiés en cachette… D'ailleurs, sur trois d'entre elles, on distingue des feuilles au bord, comme si celui qui a pris les clichés était caché derrière une haie.

— Quel œil de lynx ! siffla Magritte, admiratif. Donc il y avait un espion…

— Oui, une personne qui cherchait à leur nuire. Reste à savoir qui avait intérêt à dévoiler cette liaison à Roger Doorman. J'espère que le directeur du casino pourra nous aider. En tout cas, ces photos n'ont pas été prises avec un bête clic clac Kodak mais avec un appareil plus sophistiqué qui a un zoom.

Magritte contempla la mer, imaginant le fantôme du noyé surgir des flots sous la forme d'un homme en combinaison noire, avec une tête en bois, s'arrêtant sur la plage près des vestiges d'une cheminée, et essayant d'ouvrir un morceau de fenêtre cassée. *L'Homme du large* n'avait aucune issue.

34.

Avant d'aller au casino voir le directeur qu'ils ne voulaient pas déranger dès le matin, les Magritte louèrent chacun un vélo pour faire un petit tour sur l'estacade. Georgette cheveux au vent et René pipe au bec, sa chienne dans un panier accroché au porte-paquet.

Pas très sportifs d'habitude, à la mer ils essayaient de faire un peu d'exercice. Et quand le temps le permettait, ils s'adonnaient au plaisir du kayak. René pagayait comme il tenait son pinceau… Ce qu'il préférait par-dessus tout, c'était le cuistax. Quoi de plus insolite que ces engins à quatre roues qui, comme leur nom l'indiquait, demandaient d'avoir de bonnes cuisses pour pédaler !

Les Magritte se réjouissaient de voir arriver leurs amis Scut et Colinet le week-end suivant. C'était la coutume, chaque été ils avaient l'habitude de se rejoindre à la mer pour passer deux jours ensemble, parfois plus.

René avait projeté d'aller à Ostende pour réaliser un film qui s'appellerait : *L'Affaire Colinet*[1].

Quand ils arrivèrent au Grand Casino, ils trouvèrent le directeur assis au bar d'où il pouvait surveiller la salle de jeu. René aimait jouer aux échecs, mais il n'avait jamais

1. Film muet qui fut projeté au palais des Beaux-Arts de Bruxelles, en même temps qu'*Un chien andalou*, de Buñuel.

été attiré par les jeux d'argent. En revanche, il appréciait cette ambiance fiévreuse où les gens évoluaient tantôt déconfits, tantôt souriants, selon leurs gains. Certains observaient ceux qui misaient et, s'ils gagnaient, attendaient patiemment qu'ils s'en aillent pour prendre leur place, croyant qu'elle leur porterait chance…

Parfois ça marchait, parfois pas. René n'était pas sensible à l'idée du miracle, ni *a fortiori* à ce que d'aucuns nomment le « hasard ». Concernant son addiction au jeu d'échecs, il lui arrivait souvent d'annoncer : « Je n'irai plus ! Je vous promets, je n'irai plus ! Mais j'irai demain. »

Le directeur paraissait très content de voir les Magritte. Il vouait une admiration sans bornes à l'œuvre du peintre et il ne manquait pas de lui répéter combien le public qui visitait la salle avec ses fresques était séduit.

— Par le lustre ? plaisantait René.

Le directeur leur proposa de s'installer à une table pour déguster une boisson de leur choix. Avant d'aborder le vif du sujet, René et Georgette l'écoutèrent parler de ses projets, à savoir la nouvelle exposition de Leonor Fini[1].

— Sacrée dame, ajouta-t-il, qui vit avec trois hommes et dix-huit chats !

— Quelle santé ! lâcha Magritte.

— J'aime beaucoup ses petites filles perverses, s'amusa le directeur. Il faudra que vous veniez voir. D'ailleurs je vous enverrai une invitation pour le vernissage, en septembre.

— Oui, oui, nous viendrons, assura Georgette. Et René mettra son beau nœud papillon !

Plutôt cravate à pois ou à carreaux ; les rares fois où René arborait un nœud pap', c'était pour inaugurer ses expos.

---

1. Leonor Fini a illustré mon premier livre, *Contes pour petites filles perverses*, Le Cri, 1995. J'avais vingt ans. Et nous sommes restées amies jusqu'à la fin de sa vie.

— Fameux vernissage que le vôtre, se souvint le directeur. Il y avait du beau monde ! Yves Montand, Maurice Chevalier, Juliette Gréco… Les photos sont encore exposées dans le hall.

— Je me rappelle qu'on m'avait refoulé à l'entrée parce que nous étions avec p'tit Loulou. *Idem* d'ailleurs pour la rétrospective de Max Ernst ! Heureusement que vous êtes arrivé à la rescousse.

Cette anecdote parut gêner le directeur qui s'empressa de changer de sujet et leur demanda s'ils passaient un bon séjour à la côte.

— Oui, nous nous amusons bien…, assura Georgette. Pas seulement ! Nous menons aussi une petite enquête sur une de vos amies disparue.

Le directeur parut étonné.

— Il s'agit de Daisy Fox, précisa René. Notre voisin de chambre était son mari et on l'a retrouvé noyé.

— J'ai bien sûr entendu parler de ce tragique accident. Malheureusement, ça arrive souvent ici et particulièrement l'été évidemment. Les touristes sont imprudents.

— Ma femme et moi avons des raisons de penser qu'il ne s'agit pas d'un accident.

— Ah bon ? Vous êtes sûrs ?

— C'est une supposition, intervint Georgette. Du coup, la disparition de Daisy est suspecte. Vous ne paraissez pas inquiet…

— Non, avoua le directeur. Daisy est une femme fantasque. Je n'étais pas intime avec elle, mais d'après le peu que je sais, elle n'était pas heureuse avec son mari.

— C'est le moins qu'on puisse dire…, fit Georgette.

— La grand-mère de Daisy est venue me voir, enchaîna-t-il. Aux dernières nouvelles, elle a eu un message de sa petite-fille et est repartie en Angleterre. Tout va bien.

Georgette ne le contraria pas. Elle ouvrit sa sacoche et en sortit l'enveloppe contenant les photos, qu'elle étala sur la table.

Le directeur les examina, surpris.

— Je n'ai aucun souvenir de quelqu'un qui nous ait photographiés, c'est étrange.

— Parce qu'elles ont été prises en cachette, affirma Magritte. Dites-nous, elles datent de cette année ou de l'année dernière ?

— Mais je me souviens très bien de la robe jaune de Daisy, elle venait de l'acheter et la portait la dernière fois que nous nous sommes vus. C'était la semaine passée.

— Rien ne vous frappe sur ces photos ? le questionna Georgette.

— Non, pourquoi ?

— Daisy et votre ami le Dr Tytgat ont l'air d'être amoureux.

— Ah bon ?

Ou il était naïf ou il cachait quelque chose et tentait de couvrir son ami.

35.

Avant de prendre congé de ses hôtes, le directeur du casino leur remit un exemplaire du discours qu'avait prononcé le critique d'art Emile Langui à l'ouverture de l'expo Magritte. Ce dernier avait été très touché par cet hommage et avait écrit au directeur pour en obtenir une copie.

— Vous voyez, fit-il en lui tendant le feuillet, je ne vous ai pas oublié. Je l'avais mis de côté dans mon bureau pour votre prochain passage à Knokke.

René le remercia.

— Dites-moi, insista Georgette, votre ami le Dr Tytgat était-il vraiment amoureux de Daisy ? Car celle-ci semblait le regarder avec tant d'amour...

— Écoutez... Oui, elle avait l'air séduite par lui, mais toutes les femmes le sont. Il a beaucoup de charme. Cependant, il est marié et a trois enfants. C'est un homme très sympathique et avenant. À ma connaissance, il n'a nulle intention de quitter son épouse. Du moins ne m'a-t-il jamais fait de confidences dans ce sens. Je crois que notre amie Daisy rêvait.

— Je vous remercie, fit René qui ne voulait pas insister et risquer de compromettre leur bonne relation.

Georgette n'était cependant pas prête à lâcher le morceau !

— Elle doit être merveilleuse, l'épouse de cet homme, se pâma-t-elle. Ils forment sûrement un beau couple !

— Oui, effectivement. Elle, c'est la fille d'un diamantaire d'Anvers, vous la connaissez peut-être ? Elle s'appelle Léa Tytgat et était à votre vernissage avec son père, mon cher René. Une grande et belle femme aux cheveux noirs et à la peau mate. Sa mère défunte était mexicaine. Elle a acheté un de vos tableaux, *Le Prince charmant*.

— Ah oui, je m'en souviens, fit Magritte. Elle portait une robe noire et un genre de collier mexicain très coloré.

— C'est cela.

— Ce tableau m'a toujours effrayée, avoua Georgette. Ce prince est ténébreux et ne me semble augurer de rien de bon, avec ce drap sur la tête. Il pourrait aussi être une princesse de mauvais augure. Et à l'arrière-plan, ce couple qui se regarde, avec ses trois petits… Comme les Tytgat, qui ont trois enfants… Ils semblent unis, mais l'oiseau coiffé a l'air d'être une menace pour eux. Je pense que lorsqu'on choisit un tableau, ce n'est pas anodin et cela correspond à une part de notre subconscient. Vous ne croyez pas ?

— Vous voulez dire qu'elle sentait son couple menacé ? s'enquit le directeur.

— En quelque sorte, oui. Peut-être voulait-elle avertir son mari à travers une image. Tout le monde ne traduit pas les choses de la même manière.

— Heureusement, objecta Magritte. Une œuvre doit ouvrir des possibilités et non enfermer l'imagination.

— Léa serait sûrement enchantée de vous voir, décréta le directeur. Lors du vernissage il est difficile d'avoir un vrai échange. Si vous voulez, je peux l'appeler et prendre un rendez-vous en lui disant que vous seriez ravis de voir le royaume du *Prince charmant* sur ses murs !

Georgette regarda son époux d'un air triomphant. C'est exactement ce qu'ils souhaitaient, rencontrer cette dame qui leur permettrait, du moins l'espéraient-ils, de comprendre qui était vraiment son mari, le Dr Tytgat. Un prince ou un démon ?

36.

Après avoir quitté le casino, René et Georgette flânèrent un peu le long de la digue. Ils regardaient les gosses courir en tenant leur petit seau rempli de crabes ou de coquillages qui avaient l'air d'être des roudoudous. Avec les années, ils s'étaient faits à l'idée de ne pas avoir d'enfant. Ce n'était pas un choix, plutôt une fatalité. Après la fausse couche de Georgette, le couple s'était davantage soudé, un peu comme des jumeaux. Et leurs toutous étaient devenus leurs bébés, dont certains se retrouvaient dans les tableaux de Magritte sous le nom de «civilisateur»! Les chiens de René étaient si importants à ses yeux qu'il n'était pas rare de le voir grimper sur le podium, lors de cérémonies en son honneur, avec son loulou dans les bras.

Georgette aurait aimé que son mari lui donne une explication pour ce tableau *Le Prince charmant*, car elle pensait que cela pourrait lui fournir une clef pour leur enquête. Seulement, Magritte avait toujours détesté les interprétations. Quand quelqu'un lui demandait : «Qu'est-ce que cette peinture représente?» Invariablement, il répondait : «Moi.» Tout était dit.

Il n'y avait là aucune prétention. Simplement le mystérieux paradoxe de l'homme à la fois transparent et impénétrable.

Il est vrai que chaque personnage est une partie de l'artiste qui le crée ; un morceau de miroir de son subconscient, les êtres sombres comme les lumineux... On aurait pu dire que *Le Prince charmant* représentait le couple René et Georgette avec les petits qu'ils auraient pu avoir, et que cette âme noire qui assombrissait le tableau était le fantôme du passé. Tout cela était vrai et faux en même temps. Si un critique s'évertuait à trouver une explication à l'univers de Magritte, Georgette répondait à juste titre : « Jamais mon mari n'a pensé à ça en peignant. » René ne clamait-il pas souvent : « Vous ne saurez toujours pas qui je suis ! »

Pourtant, ce qui était fascinant avec ses œuvres, c'est que chacun y cherchait une explication, justement parce que ses images étaient auréolées d'un mystère dont il ne livrait pas la clef.

Personne mieux que l'historien d'art Emile Langui n'avait parlé de Magritte.

René et Georgette s'arrêtèrent sur un banc pour relire le discours qu'il avait prononcé à l'inauguration du *Domaine enchanté* au casino.

> *Nous vous devons beaucoup, Magritte, une large part de notre « liberté d'esprit » et tout un « Domaine enchanté ». Vous ne nous devez rien, ni à nous ni à personne, et pourtant, Dieu sait combien la traversée fut difficile depuis, il y a quarante ans, le travail à l'usine de papier peint, jusqu'à ce moment pas tellement éloigné, où vous écriviez encore : « L'absurdité et la méchanceté du monde réclament la révolte du cœur généreux et l'attention de la pensée pour la justice. » Je manquerais à tous mes devoirs si je n'associais pas à cet hommage, officiel autant que cordial, la très chère Georgette Magritte qui, dans la carrière tourmentée de son mari, a vaillamment tenu le rôle le plus ingrat et le plus courageux.*
>
> *Emile Langui*

— Il est bien cet homme, s'extasia Georgette.

— Oui, approuva René.

Langui n'avait-il pas un jour affirmé que « personne à part Georgette – et encore – n'a pu pénétrer l'âme effroyablement compliquée de cet être étonnamment naturel, calme sans flegme, tranquille mais perpétuellement aux aguets, avec de redoutables colères à froid, quand ses principes étaient mis en cause » ?

— À quelle heure avons-nous rendez-vous chez la femme du docteur ?

— Pour le goûter. Je vais aller acheter une tarte au sucre. Ce sera sûrement plus amusant que chez son mari ! assura-t-elle.

C'est sûr qu'elle l'avait dans le nez à cause de cette histoire de cigarettes. Pourtant, elle fumait aussi, mais par élégance ! Pas pareil…

Georgette ignorait à quel point les châteaux des « princes charmants » peuvent parfois être des antres de sorcières ou des nids de serpents.

37.

Les hasards sont dit-on des signes envoyés par les anges pour ceux qui y croient, et pour les autres cela fait seulement partie des infinies possibilités de coïncidences gravitant dans le cosmos.

René et Georgette avaient passé leur après-midi à se balader le long de la digue avec Loulou. Ils firent une halte sur un banc face à la mer. En contemplant les bateaux blancs, Magritte avait alors eu la vision de ce qui allait s'appeler *Le Séducteur.* Un grand vaisseau fantôme dont il précisera dans une lettre à son ami Colinet que sa démarche consistait « à continuer la mer dans une silhouette de bateau ». Face à ce caméléon des flots, on ne peut que basculer dans une « inquiétante étrangeté ». Image poétique qui s'efface dans l'infini, tels les mots de ce passager du temps. On pouvait y voir « celui qui mène en bateau », à chacun son interprétation. À ce jeu-là, personne n'était gagnant.

Un poète à la dérive, chevelure à la Rimbaud pris dans une tempête, s'assit à côté du couple et se mit à leur réciter un poème, comme pour leur rappeler l'heure du goûter chez Mme Tytgat :

Quand l'eau de lune
Se noie dans l'eau de là

Il me faut inventer encore
Quelques cris du corps
Pour que les rêves oubliés
Montrent leurs bas de soie
Au balcon des dames à thé
Quand quatre heures ont fini de sonner
Et que les mies de peur
Leur pendent sous le nez
Pareilles à une mort rance
Qui n'en finit pas de s'émietter[1].

Le vent emporta ses dernières paroles et il s'en alla en traînant sa silhouette de fantôme qui finit par disparaître dans la foule.

— Tant qu'on nous laissera le droit de rêver, il y aura des poètes, conclut Georgette. Un jour, j'ai lu une belle phrase. Elle disait : « Si tu ne peux pas être le poète, sois le poème[2]. »

La villa de Mme Tytgat était imposante, avec de hautes fenêtres garnies de volets gris rappelant les couleurs des vagues et une porte en bois sculpté surmontée d'un hibou.

— Tu as vu, René ? Le hibou voit surtout la nuit… Pour les Romains, il était un présage de mort.

— Viens mon chou, mon bijou, mon joujou, sur mes genoux, et jette des cailloux à ce hibou plein de poux, récita Magritte, se rappelant l'école primaire.

Devant la villa, protégée par une grande grille entre deux portiques, s'étendait un grand parc bien entretenu et sans âme. La famille avait les moyens !

— On dirait le château de Moulinsart ! s'exclama Magritte.

Un jardinier s'appliquait à enlever les fleurs fanées d'un massif planté près de l'entrée. Chapeau de paille,

1. Petit détour poétique de l'auteur.
2. Phrase de mon fils Raphaël.

tablier et sécateur en main, il salua les visiteurs sans commentaire. Georgette sentit son regard observateur. Du genre «J'dis rien, mais j'entends tout et je vois tout». Toujours utile...

Un valet en livrée vint leur ouvrir.

— Médème vous attend au salon.

Tout ce que Magritte détestait ! Les mondanités et les ronds de jambe. Il avait envie de leur flanquer un coup de pied au cul.

Le valet, un chauve en gilet rayé jaune et noir, ressemblait à un gros bourdon. Il prit le manteau de Georgette et voulut emporter par la même occasion le chapeau de môssieur, qui s'y opposa farouchement. Il l'ôta et le garda en main avec l'intention de triturer les bords, ce qui lui calmait les nerfs. Il allait en avoir besoin.

Médème trônait dans un fauteuil recouvert d'une tapisserie aux motifs floraux d'un terne absolu. Ici les couleurs n'étaient pas de mise et seraient apparues tels des jurons dans un intérieur des plus classiques qui se voulait chic et cher, d'un mauvais goût propre à beaucoup de bourgeois soucieux d'étaler leur richesse sans savoir qu'en faire. Même si son affiliation à un parti d'extrême gauche n'avait duré que quelques mois, Magritte restait indubitablement aux côtés de ceux qui ont soif de justice et de liberté, sans quoi, disait-il, le droit au rêve n'est qu'un leurre.

Voir son *Prince charmant* dans ce décor copié dans quelque revue pour prétentieux qui n'ont pas d'idées le rendait très peu charmant.

— Cache ta joie..., lui murmura Georgette qui devinait ses pensées.

— Les vrais princes n'ont pas besoin de châteaux. Le sable leur suffit.

— Oui, ben essaie pour une fois d'être hypocrite et pense à notre enquête. Ne te mets pas cette madame à dos de chameau.

Médème se leva pour saluer leur arrivée, tout juste si sa langue ne se déroulait pas tel un tapis rouge en logorrhée de mots enrubannés.

Les Magritte prirent place dans un divan aussi moche que le fauteuil. Sur la table basse, des mignardises, selon les termes employés dans le beau monde. Et bien sûr des tasses en porcelaine fleurie aux anses dorées. René détestait le thé. Pour lui, c'était une coutume de bourges. Il préférait une jatte de café provenant de la cafetière en fer qui réchauffait sur le *stûve*[1], petit poêle bienveillant des braves Wallons.

Après un ramassis de banalités sur le temps, sujet très prisé des personnes qui n'ont rien à dire mais éprouvent un besoin maladif de parler, elle aborda la question de ses chérubins aux doux noms de Marie-Astrid, Jean-Philibert et Anne-Joséphine qui fleurent bon la couronne royale. D'ailleurs Marie-Astrid surgit en robe de mousseline juste pour piquer une couque aux raisins, et au revoir Berthe.

— Marie-Astrid ! la gronda sa mère. Dis bonjour à nos invités.

— Bonjour le chien, lança la gamine avant de disparaître.

Celle-là, pensa René pour qui l'insoumission était un signe d'intelligence, *elle est sans doute récupérable…*

Ensuite, on devisa autour du tableau, on se leva même pour admirer de plus près cette mise en valeur, magnifiée par une idée de génie de médème : assortir les tentures aux plumes du prince.

Et pourquoi pas au tapis, tant qu'on y est ! pensa Magritte. Il croisa le regard de sa femme et se tut.

Nestor, comme l'avait surnommé intérieurement René à cause de sa ressemblance avec le valet dans *Tintin*, arriva en tenant la bonbonnière qui faisait office de

1. On s'en servait pour se chauffer et pour faire mijoter des pots-au-feu.

théière. Il remplit les tasses, commençant par môssieur. D'emblée, ce dernier chercha un pot de fleurs à proximité…

— On sert d'abord les dames, le réprimanda la maîtresse de maison. Je vous l'ai déjà dit cent fois ! Ah, le petit personnel n'est plus ce qu'il était, soupira-t-elle.

— Il a bien fait, objecta Georgette, mon mari a toujours aimé être servi avant tout le monde. À chacun ses petites manies…

Léa Tytgat toisa Magritte d'un air désapprobateur – *quel mal élevé celui-là* – et Nestor s'en alla en s'excusant, rouge de confusion. Se faire humilier devant des invités, c'était pas élégant.

Après avoir minaudé à petites lampées avec le thé et croqué dans les spéculoos[1], on causa pognon. Léa Tytgat étala les vertus de son paternel, à savoir qu'il était diamantaire à Anvers et qu'en tant qu'unique héritière, elle pesait lourd. En résumé, tout lui appartenait, la villa de Knokke-le-Zoute, plus quelques appartements à Bruxelles, bien sûr pas en banlieue comme Schaerbeek, plutôt au centre près de la Grand-Place, tûût tûût ! On aurait dit que sa bouche sifflait tellement elle l'arrondissait en cul-de-poule.

— Et même le cabinet médical de mon mari fait partie de mon patrimoine, ajouta-t-elle.

Traduction : il n'a rien à part son diplôme et s'il se casse, il peut dire au revoir à sa clientèle car pour se payer un cabinet au Zoute, faut avoir du pèze. Monsieur le docteur était donc pieds et poings liés à sa chère et tendre. C'est beau l'amour. Et avec trois morpions endimanchés même les jours de pluie, t'es attaché au piquet avec ta laisse d'imbécile.

---

1. Biscuits bruns à base de sucre, de farine et de cannelle qui, le 6 décembre, sont à l'effigie du Grand Saint Nicolas. Les premiers étaient de la marque Lotus. Un délice !

Donc, pensa Georgette, *le Dr Maboul n'a pas intérêt à quitter son épouse pour courir le guilledou avec Daisy Fox, qui n'a pas un clou pour se gratter le derrière.*

La sonnerie du téléphone retentit soudain dans cet univers idyllique digne de *Sissi impératrice.*

— Nestor ! tonitrua médème, téléphone !

Au pied, chienchien…

Nestor accourut, manquant de se prendre les pieds dans le tapis persan. René souriait intérieurement, l'imaginant dire comme dans Tintin : *«Allô ?… Pardon ?… Non madame, ce n'est pas la boucherie Sanzot…»*

C'était môssieur le docteur qui appelait pour dire qu'il ne fallait pas l'attendre pour le souper. Il avait des urgences.

— Comme d'habitude, soupira médème.

Après avoir bu sa tasse de thé – Georgette était bien élevée – elle demanda à Mme Tytgat où se trouvaient les commodités. Un mot qu'elle avait lu dans *Libelle-Rosita*, le magazine des femmes à la page.

— Ne tarde pas mon p'tit bibi, fit René d'un ton presque suppliant, p'tit Loulou commence à être nerveuse, elle attend sa promenade.

Leur chienne avait souvent servi de prétexte à prendre congé des emmerdeurs. C'était bien pratique ! La pauvre, on lui mettait tout sur le dos. Loulou, nerveuse ? Tu parles ! Une vraie carpette.

Georgette ne répondit pas. Et laissa René en plan avec médème qui jacassait pour deux.

— Vous prendrez bien un spéculoos ?

— Non merci, répondit Magritte. Les biscuits secs me donnent des secousses électriques.

Quand Georgette rappliqua après ce qui lui parut une éternité, René avait tellement trituré le bord de son chapeau boule qu'il en était tout gondolé.

38.

Les Magritte rentrèrent à pied jusqu'à leur hôtel. Ce n'était pas si loin. Sur le chemin, René respira un bon coup, soulagé et libéré d'une corvée.

— Tu en as mis du temps mon p'tit poulet quand tu es allée aux toilettes, lui reprocha-t-il. Quel supplice de me laisser seul avec cette garniture de salon !

— C'était pour la bonne cause.

— On peut appeler ça ainsi, admit-il.

— C'est pas ce que tu crois... J'en ai profité pour aller fouiller dans sa chambre.

— Oh !

— Et là, il y avait un petit secrétaire avec un tiroir secret au fond du meuble. Mon oncle avait le même. Je l'ai ouvert et eurêka ! j'ai trouvé la même enveloppe brune que celle de Roger Doorman. Dedans il y avait les mêmes photos, mais pas déchirées, dont celle que je n'avais pas réussi à reconstituer tellement il l'avait mise en charpie. Et je comprends pourquoi... On y voit Daisy et le docteur en train de s'embrasser dans sa voiture.

— Eh ben..., lâcha René.

— Tu crois que c'est sa femme qui a pris ces clichés ?

— Pour quelles raisons ?

— Je ne sais pas moi... Pour s'en servir au moment du divorce ? Histoire qu'il ne lui réclame pas de fric.

— Peu probable, mon p'tit poulet. Chez ces gens-là, on vit devant un miroir, on ne le casse pas, on le lèche.

— Sauf si le toubib est tombé fou amoureux de la petite Anglaise et a décidé de larguer les amarres.

— Il avait plutôt l'air de vouloir rester discret à ce sujet quand on lui a posé la question dans son cabinet, objecta René. Tout juste s'il n'a pas répondu qu'il ne la connaissait pas !

— C'est logique, nous sommes des étrangers pour lui.

— Admettons… Alors si c'est sa femme qui a pris les photos, pour quel motif et pourquoi les aurait-elle envoyées à Roger Doorman ? Elle n'a pas besoin d'argent.

— Par jalousie peut-être, suggéra Georgette. Pour que Doorman ait conscience de ce que trafiquait sa moitié dans son dos et qu'il la rappelle à l'ordre ? En tout cas, c'est plus le grand amour entre Mme Tytgat et son mari. Ils font chambre à part. Il n'y a qu'un oreiller dans son lit…

— Je n'aime pas cette femme. Tu as vu comment elle traite son personnel devant les gens ? Elle est hautaine et méprisante. Tout ce que je déteste.

Ils s'approchèrent d'un musicien des rues, banane noir de jais et blouson de cuir incrusté de clous dorés, qui jouait une musique populaire.

— René, t'as pas une petite pièce pour cet artiste qui se donne tant de mal ?

Magritte fouilla dans ses poches et déposa un sou dans la casquette posée sur le sol. Lorsqu'il se releva, il constata que la musique provenait d'un enregistreur et que l'Elvis de Knokke grattait toujours la même corde de son instrument pourri.

— Mon p'tit bibi, ton bon cœur te rend aveugle. Cet homme est un imposteur.

Comme si elle était d'accord avec son maître, Loulou tira sur sa laisse et pissa dans la casquette ! Le musico à la noix se mit à crier. René souriait. Un peu plus loin, il s'arrêta pour caresser sa chienne et lui murmurer :

— Brave bête ! Gentil toutou ! Et mélomane avec ça…

— Pour en revenir aux photos, reprit Georgette, je pense que c'est quelqu'un qui les a fait parvenir à Doorman et à Léa Tytgat. Même enveloppe avec seulement leur nom et même écriture maladroite et nerveuse. Donc elle a dû être déposée dans la boîte de Mme Tytgat et à la réception de l'hôtel.

— Il faudrait interroger le concierge pour savoir s'il ne se souvient pas de quelque chose. Il va peut-être se rappeler la personne qui est venue.

— Oui, j'irai lui demander, décréta Georgette.

— Non, non, j'irai moi-même.

— Ma parole, tu es vraiment jaloux !

— Moi ? Jaloux de ce groom ? Je ne peux mal !

— Un groom c'est celui qui est préposé aux ascenseurs, précisa sa femme. Lui, c'est l'« homme aux clefs d'or ». Le saint Pierre de l'hôtel !

René se contenta de soupirer. *Toutes les mêmes,* pensa-t-il, *attirées par l'uniforme et le prestige.* Il allait le démonter, son Spirou. Lui trouver une verrue ou peut-être même qu'il refoulait du goulot.

— Et pourquoi vouloir que le mari et la femme trompés aient connaissance de leurs cornes ? s'interrogea Magritte.

— Probablement pour leur faire du chantage et leur soutirer de l'argent en les menaçant de tout dévoiler à la presse ? Doorman n'était pas riche comme Léa Tytgat, mais il n'était pas pauvre non plus. Tout est bon à prendre… En plus, ajouta Georgette, la femme du médecin a un Magritte sur son mur ! Et vu ta cote actuelle, on peut dire que *Le Prince charmant* pourrait lui acheter un château.

Magritte regarda son épouse avec tendresse. Elle avait toujours cru en lui et l'avait toujours suivi, malgré ses années de galère. À présent, il était fier de pouvoir la gâter et de lui prouver qu'elle avait eu raison.

39.

Comme tous les passionnés, René et Georgette s'endormaient en pensant à leur enquête et se réveillaient en cherchant des indices sous les plumes de leur nuit de sommeil.

— Mon p'tit poulet, la femme du docteur a l'air très soucieuse du qu'en-dira-t-on. Et Roger Doorman ?

— *Idem.* Il avait l'air soucieux de son image ce monsieur, assura Georgette. Tu as remarqué sa réaction quand il a taché sa chemise ?

— Je vais aller voir le serrurier.

— Hein ?

— Ben l'« homme aux clefs d'or » comme tu dis.

Georgette sourit. Les petites piques de jalousie entre eux étaient leur façon de montrer qu'ils tenaient l'un à l'autre. Elle s'étira et René sortit du lit pour aller ouvrir les tentures, espérant voir un beau soleil inonder la chambre. Bernique !

— Ciel couvert, temps de chien, grogna-t-il.

Ce mot réveilla Loulou, censée dormir sur la carpette… Penses-tu ! Cette coquine s'était bien sûr vautrée sur le couvre lit et Georgette ne s'en plaignait pas, elle faisait office de bouillotte.

— Faudrait qu'on trouve un prétexte pour retourner chez la comtesse aux pieds poilus, proposa René qui, vu le temps capricieux, s'était recouché.

Il aimait faire la grasse matinée. C'était à ce moment-là ou quand il se réveillait en plein milieu de la nuit que lui venaient ses idées. Georgette comptait bien profiter au maximum de la mer et elle le secoua.

— Allez debout ! Et cet après-midi, on retourne à la villa des Tytgat.

— Ça paraîtra louche de rappliquer chez médème le lendemain, mon p'tit bibi.

— Pas du tout ! J'ai oublié mes lunettes dans les toilettes.

— Oh ! Tu penses à tout ! s'exclama-t-il, admiratif.

Georgette passa à la salle de bains, suivie par son mari. Croquettes pour Loulou, on s'habille, et on descend.

Magritte fonça direct chez le concierge pour lui demander s'il se souvenait de quelqu'un qui aurait déposé un courrier pour M. Doorman. Il ne précisa pas qu'il s'agissait d'une enveloppe brune, moins tu en dis, mieux c'est. Ne dis pas ce qu'on ne te demande pas !

D'ailleurs comment expliquer qu'il l'avait trouvée dans la poubelle du macchabée ? C'est quoi, ces vacanciers qui fouillent comme des rats ?

— Vous imaginez bien qu'avec tous les clients qui défilent ici, surtout l'été, je ne puis me souvenir de tout le monde !

— C'est important, insista René. Vous savez que M. Doorman est mort et…

— Oui, il s'est noyé. C'est regrettable, malheureusement cela arrive souvent.

— Faites un petit effort, je vous prie…

— Écoutez, demandez au stagiaire qui me remplace pendant mes pauses ou mes jours de congé. Il sera là demain. Moi je ne me souviens de rien, je regrette. D'ailleurs, pourquoi voulez-vous savoir ça ?

— Parce que je suis curieux, se contenta de répondre Magritte en le plantant là avec ses questions.

Il alla rejoindre Georgette, installée à leur table devant deux tasses de café fumant.

— Alors ? fit-elle. Qu'est-ce qu'il a dit ?

— Il n'est pas très coopératif. Du genre « J'ai rien vu, rien entendu ». Le tout emballé avec son sourire de commerçant coincé dans sa petite veste à boutons dorés.

— Tu es dur, René ! Il ne peut pas se rappeler tout ce qui se passe, il y a beaucoup de clients pendant les vacances.

— Ouais… Il a dit de demander au stagiaire qui le remplace parfois et qui sera là demain. Tu m'y feras penser ?

— Évidemment. Dis, on ira à la villa des Tytgat cet après-midi, ce matin j'aimerais bien qu'on aille au Pier à Blankenberge. Tu sais que j'adore cet endroit. On pourrait en profiter pour faire un tour au vélodrome.

— Bonne idée, approuva son mari.

Il aimait bien cette ville plus populaire que Knokke et réputée pour ses quelques bâtiments Art nouveau. Chaque fois qu'ils y allaient, ils s'arrêtaient sous le grand escalier de pierres grises surmonté de lions afin d'admirer la vitrine de la boutique de bonbons spécifiques à la mer du Nord. Et surtout, regarder les deux bébés automates habillés à l'ancienne d'une longue robe et d'un bavoir, tenant une babelutte et dodelinant de la tête en pleurant, ce qui les rendait presque effrayants ! Des bébés dignes de figurer dans un film d'horreur, avait constaté Magritte. Et cela l'amusait beaucoup.

Aussitôt le petit déjeuner avalé, ils prirent le tram qui longeait la côte jusqu'à Blankenberge.

Là, ils s'arrêtèrent au vélodrome, où l'on pouvait enfourcher un vélo dingo avec des roues carrées ou élastiques… Ou encore une draisienne ou un grand-bi. Bref des machines bizarres qui ne sont pas évidentes à faire avancer et suscitent de gros fous rires et pas mal de chutes ! Qu'importe, René et Georgette n'avaient peur de rien. Ils allèrent pédaler chacun à leur tour pour garder Loulou. Pas question qu'elle grimpe avec eux sur ces engins diaboliques !

Ensuite, ils allèrent bien sûr manger une gaufre inondée de chantilly, on fera régime à notre retour à Bruxelles... puis ils marchèrent le long de la jetée construite sur la mer et qui menait au Pier que d'aucuns appelaient la « rotonde ». On causait wallon et surtout flamand dans le restaurant aux grandes baies vitrées donnant l'impression d'être sur un bateau. René ne résista pas à une petite bière dans un verre à l'effigie du Pier.

L'aquarium géant était un incontournable pour tous ceux qui venaient à la côte. On pouvait y admirer de grands poissons de toutes les couleurs qui passaient, indifférents à tous ces nez collés sur la vitre, ainsi que des requins qui semblaient aussi féroces que Loulou !

Avant de reprendre le tram, les Magritte s'arrêtèrent pour déguster des fondus au fromage[1] avec une salade de crevettes dans une des petites brasseries sur la digue.

— Y a pas à dire, fit Magritte, si tu manges la même chose à Bruxelles, ça n'a pas le même goût.

Georgette aimait beaucoup Blankenberge. C'était la ville des enfants pas riches, moins capricieux que les petits bourgeois et toujours aussi émerveillés de voir la mer. Elle pensait qu'on devrait garder le regard de celui qui découvre à quel point la nature est belle et qu'il ne faut pas l'abîmer.

Dans le tram, René et elle réfléchirent à ce qu'ils allaient demander au jardinier. En espérant que ça lui délie la langue...

---

1. Ce sont des croquettes carrées recouvertes de chapelure et contenant du fromage fondu. Un délice ! À déguster avec une bonne Orval, bien sûr.

40.

Magritte se renfrogna en pénétrant dans le parc de la villa des Tytgat. Georgette s'en aperçut.

— Tu en tires une tête mon René ! Cette femme t'insupporte à ce point ? Sa voiture n'est pas là, avec un peu de chance elle est allée faire des courses, alors souris !

— Non.

— Y a pas d'avance de grogner. Qu'est-ce que tu as ?

— J'ai que je ne supporte pas l'idée de voir mon tââbleau emprisonné dans ce décor pompeux à la Pompadour de mes deux et que j'ai envie de le voler.

— M'enfin René ! Tu sais bien que tes œuvres une fois vendues ne t'appartiennent plus. Tu dois apprendre à lâcher le bébé…

— Oui, mais pas n'importe où. Mon *Prince charmant* est ridiculisé dans ce salon. D'ailleurs son regard a changé…

— N'importe quoi ! se moqua Georgette.

— Je t'assure ! L'oiseau à l'avant-plan a l'œil mort. Je le comprends. Être assorti aux tentures, quelle humiliation ! Tu comprends, pour moi l'art de peindre s'accomplit pour qu'apparaisse la poésie et non pour que le monde soit réduit à la variété de ses aspects matériels. En voulant harmoniser son décor avec ma peinture, cette créature démontre qu'elle n'a rien compris.

Pourtant, Magritte n'était pas possessif envers ses œuvres et clamait même qu'il préférait souvent les copies aux originaux...

Ils aperçurent le jardinier en tablier vert et chapeau de paille en train de fignoler une plante, cool Raoul, un peu comme certains de ces barbouilleurs de la place du Tertre à Montmartre qui passent des heures à repasser leur pinceau sur le même trait. Normal, la plupart des tableaux proviennent de Chine.

— Si vous cherchez madame, elle est partie faire du shopping.

Visiblement, quand la chatte n'était pas là, il se la coulait douce. René regarda Georgette d'un air satisfait. Il n'allait pas devoir se farcir l'autre dinde.

Le p'tit bibi arbora son plus beau sourire pour papoter art floral avec le jardinier. À la maison, c'était elle qui s'occupait des plantes dans le jardin et des bouquets de glaïeuls dans le grand vase en cristal Saint-Lambert trônant sur la table de la salle à manger. Magritte n'avait pas la main verte.

— Ils sont beaux vos hortensias ! se pâma-t-elle. Quel bleu magnifique ! On dirait les ciels de mon mari.

— C'est que je mélange la terre à des morceaux d'ardoises. Saviez-vous que l'hortensia était interdit dans les jardins des samouraïs ? Le fait que ses fleurs puissent passer du bleu au rose était symbole de traîtrise.

— Dites donc, vous avez l'air de bien vous y connaître !

— Ma poésie, ce sont les fleurs. Tenez, regardez ces roses, par exemple. Pourquoi leurs tiges ont des épines ?

— Pour empêcher les gens de les cueillir, se hasarda Georgette.

— Pas du tout, chère madame ! Un jour Cupidon, le fils de Vénus, fut piqué par une abeille alors qu'il se promenait dans son jardin de roses. Furieux, il se mit à lancer des flèches dont les pointes tapissèrent les tiges de piquants. Quand Vénus revint, elle marcha sur une rose et se blessa. Ses gouttes de sang donnèrent naissance à la rose rouge.

Georgette serait bien restée l'écouter. Elle aimait les légendes, mais elle n'était pas venue ici pour s'instruire sur le langage des fleurs… Elle raconta au jardinier qu'elle avait oublié ses lunettes en allant aux toilettes. Et comme il avait déjà vu les Magritte, l'horticulteur poète leur dit que pas de problème, elle pouvait aller les chercher. Pendant ce temps, René allait habilement le cuisiner pour lui tirer les épines du nez. Ce ne fut pas très difficile, l'homme au sécateur était plus loquace qu'il leur avait semblé lors de leur première visite.

L'on causa plantes grimpantes et le jardinier conta l'histoire de cette demoiselle en kimono représentée dans un tableau, tenant une tige de glycine à la main. Voilà qu'elle tomba amoureuse d'un jeune homme et sortit de la toile pour le rencontrer. Devant son dédain, elle fut contrainte de regagner sa place dans son tableau, où les grappes de la glycine coulaient comme des larmes… Magritte aimait bien ce petit conte qui lui donna l'idée de faire déborder ses personnages de ses tableaux. Revenons à nos moutons. Habilement, il fit basculer la conversation sur la maîtresse de maison qui s'avéra être une maniaque du jardinet, contrairement à monsieur qui n'était pas souvent là, normal avec tous ces gens malades qui vont chez le médecin dès qu'ils toussent, alors que tous les remèdes sont dans la nature, n'est-ce pas, monsieur Marguerite ? Heureusement qu'elle a ses enfants, mais ce sont des ados et vous savez ce que c'est…

Non.

Georgette prit son temps.

— Je n'ai pas pu m'empêcher de retourner au salon pour admirer la peinture de mon mari, s'excusa-t-elle. Elle est si bien mise en valeur !

René lui lança un regard en coin et elle lui fit un petit clin d'œil.

— C'est laquelle ? questionna le jardinier.

— Celle avec des volatiles, résuma Magritte.

— Ah oui, je vois, ce sont des pigeons, précisa le jardinier en connaisseur. Personnellement, je n'aime pas ces bestioles, ça chie partout.

Et voilà, pensa Magritte. *Ton travail réduit à des chieurs.*

Ils prirent congé de l'horticulteur ornithologue. Sitôt qu'ils furent sortis de l'allée, Georgette confia à René qu'elle avait d'abord dû se débarrasser du Nestor qui lui collait aux jupons comme une méduse. Elle en avait profité pour le faire parler et avait appris qu'il était en congé tous les jeudis. Ensuite, elle était allée à l'étage, « je connais le chemin merci », et avait poussé la porte de la chambre pour fouiller tranquillement dans l'espoir de trouver quelque chose de plus que la veille. Elle avait aperçu le « carnet de bal » de médème et constaté qu'un nom revenait plusieurs fois, un certain Cerbère, repris sous l'abréviation CB.

— Dans la mythologie grecque, lui expliqua Magritte, le cerbère est le gardien des Enfers. C'est un chien géant à trois têtes : une qui connaît le passé, l'autre, le présent et la troisième, l'avenir. Il a les griffes et les crocs acérés et une queue de serpent dont le contact tue.

Restait à savoir qui était ce chien de l'enfer…

41.

Le lendemain, les Magritte furent invités par le directeur du casino qui voulait leur faire rencontrer M. Georges Remi, plus connu sous le nom de Hergé[1], le célèbre créateur de Tintin, qui possédait un Magritte chez lui : *Le Baiser*, cette peinture où des amants voilés s'embrassent. Les deux hommes étaient bruxellois, perfectionnistes et visionnaires. Il y avait un fil rouge entre leurs rêves et leurs cauchemars. Ils pratiquaient la ligne claire et le clair de lune ! Autres points communs, ils avaient travaillé dans la publicité, étaient mariés, sans enfant, avaient connu la guerre et passé leur jeunesse à déménager, merci papa. Les similitudes s'arrêtaient là. Magritte, de neuf ans son aîné, était anticlérical de gauche et Hergé, catho de droite. Il avait été scout dans

1. En réalité, Magritte et Hergé ne se sont pas côtoyés, bien que ce dernier possédât un tableau de René Magritte que lui avait offert sa première épouse, Germaine Kieckens, à Céroux-Mousty, où ils habitaient. À cette époque, l'art et le religieux dominaient chez eux, et cette peinture était plutôt inattendue. Étrange coïncidence (si, comme Georgette, on croit aux coïncidences), leurs musées – à Louvain-la-Neuve, dans le Brabant wallon, pour Hergé, et à Bruxelles pour Magritte – ont été ouverts le même jour. Tout ce que dit ici Hergé est fidèle à ses propos tenus lors de ses interviews ; les anecdotes le concernant le sont aussi.

sa jeunesse ; ça lui avait laissé des traces. Mais il avait changé, comme son personnage de Tintin qui au fil des histoires ne voyait plus le monde tout blanc ou tout noir et était devenu anticolonialiste.

Faut-il décortiquer la vie des artistes ? Ce qu'ils créent ne prime-t-il pas ce qu'ils sont ? C'est ce que pensait le directeur du casino, habitué à côtoyer ces « énergumènes » qui le troublaient et le fascinaient tout à la fois. Des énigmes…

Magritte aimait bien Tintin, ce petit journaliste blondinet toujours flanqué de son chien Milou, un peu comme lui avec Loulou, et qui adorait fouiner là où il ne faut pas. Son préféré était le capitaine Haddock, ce malotru mal élevé qui jurait comme un charretier et disait tout haut ce que tout le monde pensait tout bas. Hergé devait s'amuser avec lui ! Et péter le bouchon du catholicisme coincé pour respirer un grand bol d'air à coups de « mille sabords », « moule à gaufres », « bachi-bouzouk », « tonnerre de Brest », « crétin des Alpes » ou encore « espèce de renoncule de Prisunic » !

— C'est curieux, dit René à Georgette en marchant vers le casino, j'ai l'impression de baigner dans l'univers d'Hergé depuis que nous sommes ici. La Castafiore, le château de Moulinsart, Nestor…

— C'est peut-être parce qu'il s'inspire des gens qu'on peut rencontrer tous les jours. Mais je pense aussi qu'il y a des choses mystérieuses dans l'air qui nous guident et nous attirent vers des personnes.

— Ça, c'est du baratin, mon p'tit poulet. Moi je dis que c'est le hasard, voilà tout.

Georgette n'insista pas. Elle connaissait l'opinion de son mari et pensait que les hommes n'ont pas d'intuition féminine. Ils en ont une autre. C'est pour cette raison qu'ils se complétaient.

Hergé était venu seul, sans son épouse qui se reposait à l'hôtel de la Réserve à Albert Plage, là où les Magritte allaient parfois.

Contrairement à Magritte, plutôt petit et trapu, Hergé était une grande asperge. Il avait gardé une coupe sage, raie à gauche, mèche épaisse rabattue de l'autre côté. Col de chemise à fines rayures bien fermé et cravate, rien d'artistique. René non plus, mais le chapeau boule lui donnait une allure folle, estimait Georgette qui le trouvait aussi très séduisant avec un canotier. Celui-là, il ne l'avait porté qu'au bord de la Marne, quand ils habitaient au Perreux, sans doute en hommage au film de Julien Duvivier, *La Belle Équipe*, avec Gabin qui avait construit une guinguette. Aux Magritte, ça leur rappelait les bals populaires de leur enfance.

Hergé était un monsieur souriant et bien élevé. On sentait la bonne éducation de chez les curés, qui n'excluait pas un regard amusé sur le monde…

Hergé salua le peintre par un « Bonjour monsieur, comment allez-vous ? » auquel Magritte, facétieux, répondit : « Comme vous voulez », ce qui amusa beaucoup le papa de Tintin.

Au cours de leur conversation, les deux hommes découvrirent qu'ils avaient tous deux été de sacrés garnements. On aurait pu qualifier Hergé de « galopin » et Magritte de « diable ». Il y a des degrés dans la désobéissance…

Georgette relata ces curieuses coïncidences qui les reliaient à l'univers de Tintin depuis qu'ils étaient à Knokke.

— Hier, nous sommes allés à la villa du Dr Tytgat qui nous a fait penser au château de Moulinsart, expliqua-t-elle. Peut-être est-ce cette demeure qui vous a inspiré ?

— Ah, ah, non ! C'est un des châteaux de la Loire, celui de Cheverny, qui m'en a donné l'idée, révéla Hergé. Il apparaît d'ailleurs pour la première fois dans *Le Secret de la Licorne*.

— Il y avait même Nestor ! s'amusa Magritte.

— Je vais vous faire une confidence : si je suis un peu dans tous mes personnages, autant dans le sage Tintin que dans l'iconoclaste capitaine Haddock, Nestor c'est moi… Il ne faut pas vous fier à son image lisse et parfaite.

— Le nôtre, précisa Georgette, n'avait pas l'air très au courant des convenances.

— Et nous avons aussi rencontré la sœur jumelle de la Castafiore – que vous connaissez également, ajouta Magritte en s'adressant au directeur.

— C'est la soprano italienne Renata Tebaldi, surnommée « la Voix d'ange », qui m'a donné le déclic pour cette héroïne truculente. L'originale n'était heureusement pas aussi capricieuse que ma diva. J'ai un peu caricaturé… Quand même, elle se la jouait star et il fallait dérouler le tapis rouge à son arrivée.

— J'ai découvert vos bandes dessinées dans *Le Petit Vingtième*. Mes personnages préférés restent Quick et Flupke, les sales gamins de Bruxelles, avoua René. Je me retrouve dans leurs farces.

Tous deux avaient de l'humour, pas le même certes, et la rencontre fut bien agréable. Magritte était content à l'idée qu'un de ses tableaux trônât chez Hergé, devenu comme lui très populaire après des années difficiles. Un instituteur « clairvoyant » n'avait-il pas dit au petit Georges Remi de trouver autre chose que le dessin pour se faire remarquer ?

René n'avait jamais aimé l'école. Sauf la buissonnière. Pour lui, la désobéissance était un art.

Hergé lui révéla qu'il l'admirait beaucoup, au point de lui avoir fait un clin d'œil dans l'une de ses cases.

— Regardez, page 45 dans *Tintin au Pays de l'or noir*, quand notre reporter entre dans le bureau du Dr Müller où ce coquin d'Abdallah a mis du poil à gratter, on voit Müller qui sort de la cheminée en éternuant.

— Oh ! s'exclama Magritte, fier de cette allusion à *La Durée poignardée*. Je suis également flatté que vous possédiez un de mes tableaux !

— En fait, j'en ai deux, répondit Hergé. *Le Baiser*, ainsi qu'une gouache intitulée *La Vie de famille*[1]. Vous savez, je n'ai jamais été vraiment un collectionneur. Disons que j'aime la peinture et que j'apprécie d'avoir des dessins ou des toiles sur mes murs. L'histoire de l'art m'intéresse, surtout l'art contemporain. Je suis particulièrement attiré par les artistes qui pratiquent la ligne claire. Curieusement, j'aime aussi l'art abstrait, qui invite plus à la rêverie et à la méditation car ces œuvres ne sont pas encombrées par un sujet et laissent une grande liberté d'esprit. Mes goûts sont assez éclectiques, voyez-vous ! J'ai beaucoup de plaisir à contempler Vermeer, Bosch, Bruegel, mais également Miró, ou encore Poliakoff ou Vasarely.

— Personnellement, je ne suis pas sensible à l'art abstrait, dit Magritte, nonobstant je comprends, et votre ouverture d'esprit vous honore mon cher.

Tous trois prirent congé du directeur du Grand Casino. Georgette s'aperçut qu'Hergé avait oublié le journal sur lequel il avait dessiné Nestor tout en bavardant avec eux. Elle l'emporta en souvenir de ce moment mémorable.

Une fois de plus, son intuition allait lui donner raison : il n'y a pas de hasard...

---

1. *La Vie de famille (sans titre)* ne représente pas papa, maman, tata Josette et tonton Alfred – ce ne serait pas Magritte ! –, mais deux arbres dans un pré; l'un avec une porte dessinée sur le tronc et l'autre avec une fenêtre. À sa mort, la veuve d'Hergé légua ces œuvres à la Fondation Roi-Baudouin afin de créer un fonds Germaine-Kieckens pour combattre la pauvreté.

42.

— Nous voilà avec un dessin original d'Hergé, se félicita Georgette en rentrant à l'hôtel. Penses-tu qu'il l'a oublié volontairement ?

— Pas impossible mon p'tit poulet.

— Cet homme ne manque pas de charme !

— Sans doute, mais il a les oreilles décollées.

Et vlan ! Georgette ne put s'empêcher de sourire.

— Dis René, pourquoi a-t-il dessiné Nestor sur son journal et pas Tintin ou Milou par exemple ?

— Parce qu'il est narcissique. N'a-t-il pas expliqué que Nestor, c'est lui ?

— Décidément, tu n'es pas tendre avec tes collègues. Toi-même, lorsqu'on te demande ce que tu as voulu représenter, tu réponds « moi » !

— Tout créateur est dans ses personnages, et même dans les objets, les paysages… Ce n'était pas une critique, mon p'tit bibi. Néanmoins, tu as raison : il est charmant. Je dirais même plus, il est charmant, se moqua René. Non, sérieusement, il est très sympathique.

— Et si ce dessin était un signe ? Comme si sa main avait été guidée par une force de l'au-delà ?

— Tu veux dire que le fantôme de l'affreux Rascar Capac, cet Indien maléfique des *7 Boules de cristal*, aurait chuchoté à l'oreille de son « papa » de croquer Nestor pour nous mettre sur une piste, se marra René.

— C'est ça, fiche-toi de moi, s'énerva Georgette.

Et elle lâcha le bras de son mari, signe qu'elle était fâchée. Elle n'était pas rancunière. René était parfois sujet à des colères froides, mais elle avait réussi à canaliser son côté « chien fou » dans une routine qui le rassurait.

La phrase d'Hergé la poursuivait : « Il ne faut pas vous fier à son image lisse et parfaite. » Elle avait lu *Tintin* et se rappelait très bien que, sous son style domestiqué, le valet de chambre regardait par les trous de serrure et écoutait aux portes.

En dépit de ce que pourrait lui dire son époux, elle était bien décidée à suivre cette piste et à aller interroger Nestor. Elle était sûre qu'il devait connaître les secrets de la famille Tytgat, sous ses airs de garçon timide et bien propre sur lui. L'appâter ne devrait pas être difficile. N'avait-il pas jeté un coup d'œil furtif dans son décolleté lorsqu'il s'était penché pour lui servir le thé ? Pourtant le fait qu'il ait servi René d'abord n'était-il pas un signe de quelque penchant inavoué ? Dans la bonne bourgeoisie, « ça ne se dit pas, monsieur… ».

Et puis « ce brave Nestor, tout dévoué à ses maîtres » n'était-il pas aussi plus malin qu'il en avait l'air ? Dans *Tintin*, on le voit lire *Les Pensées* de Pascal, pendant qu'au téléphone Séraphin Lampion lui cause de son oncle Anatole, se rappela Georgette. Sans compter qu'il ne rechigne pas à lamper le whisky de son maître dès qu'il en a l'occasion…

Une surprise les attendait à l'hôtel de la Plage.

43.

Carmen et Ferdinand le facteur étaient assis à la terrasse de l'hôtel avec une valise.

— Surprise ! s'écria Carmen, déjà en tenue de plage, chapeau fleuri, robe vert pomme et *slaches* de bain.

— Qu'est-ce que vous fichez là ? s'exclama René, estomaqué.

— On est venus passer deux jours avec vous, expliqua le facteur tout content.

À peine s'il était reconnaissable en short, pull de pêcheur breton et casquette de marin. Manquait plus que le rafiot.

— Ferdi a loué une voiture de sport, annonça fièrement l'atrophiée du plumeau.

— Ferdi ?

— Ben Ferdinand, minauda-t-elle.

René ne pigeait plus rien à leur histoire. À Bruxelles elle perdait son temps à le dénigrer, à le trouver moche, sans aucune classe, « qu'il a l'air con avec ses pinces à vélo… » tandis que l'autre innocent rêvait de lui passer la bague au doigt, et voilà qu'elle susurrait en le regardant avec des yeux baveux ! Bon sang, quelle mouche l'avait piquée ?

— Ferdi biquet, tu vas voir s'ils ont des chambres de libres ?

— Ah, parce que vous voulez loger dans le même hôtel ? grogna René.

Il ne pouvait pas la saquer. Elle ne comprenait rien à sa peinture et était plus feignasse qu'un koala, capable de roupiller vingt-deux heures par jour ! Il était fumasse à l'idée qu'elle soit venue l'embêter pendant ses sacro-saintes vacances. Quel culot !

— Y a plus de place, l'hôtel est complet, assena-t-il.

— M'enfin, s'indigna Georgette, tu n'en sais rien. Allez quand même demander, Ferdinand.

Magritte lança un regard noir à son épouse, qui fit diversion :

— Oh, regardez le beau cerf-volant !

De la terrasse où ils se trouvaient, on voyait voler un gros poisson gonflé à l'hélium. Soudain, pan ! une déflagration fit dégonfler le mérou, qui s'écrasa comme un coussin péteur sur le sable, suivi de hurlements. Le gamin n'était pas content. Magritte jubilait ! Pour une fois, il aurait bien embrassé cette vieille bique de mémé caricoles.

— Qu'est-ce qui se passe ? demanda Carmen, effrayée.

— Quoi ? Vous n'êtes pas au courant ? Ce sont des soldats qui font une reconstitution du débarquement de Dunkerque pour les touristes. Là, ils répètent…

— Pourquoi ils ne font pas ça chez eux ? demanda-t-elle bêtement.

— C'est comme pour les Jeux olympiques. Ils changent de ville, répondit Magritte avec aplomb. C'est très dangereux. Y en a qui ne savent pas tirer et qui visent n'importe où. Le maire a recommandé de ne pas aller à la plage pendant le spectacle et de regarder de chez soi en faisant attention à ne pas rester sur les balcons et à condition que les fenêtres soient blindées.

Georgette le regarda, éberluée, prise entre l'envie de rire et celle de le tancer vertement. Elle était habituée à ses frasques et savait très bien pourquoi il avait inventé ce bobard. Plus c'était gros, plus ça marchait ! Et avec

Carmen qui était d'une naïveté de midinette dans un champ de pâquerettes, c'était du pain bénit.

Sauvée par le gong ! Le facteur, arrivant du hall, annonça qu'il n'y avait plus de chambres libres, quel dommage !

— Oh ben oui ! ironisa René. Quelle déception !

— Vous allez en trouver, fit Georgette. Je suis sûre que dans les petits hôtels à l'intérieur de la ville, il y a encore de la place.

— Pas question ! tempêta Carmen. Nous on veut une chambre avec vue sur la mer. Hein Ferdi doudou ?

Et s'adressant à Georgette, comme toujours – elle avait pris l'habitude d'ignorer René, ce peinturlureur qui dessine des cheveux qui sortent des souliers, *n'importe quoi !* –, elle lui raconta que Ferdinand lui avait promis le grand jeu : coupé sport, shopping, séjour paradisiaque à la *playa* dans un hôtel fréquenté par les stars.

— Paraît qu'Annie Cordy vient passer ses vacances ici, on a vu une photo d'elle avec le patron de l'hôtel dans la publicité.

— Ah bon ? s'étonna Georgette. En tout cas, nous ne l'avons pas croisée. Il me semble plutôt qu'elle loge à l'hôtel de la Réserve quand elle vient. Sinon, elle préfère Ostende, d'après ce que je sais. Dites-moi, Carmen, il a gagné au loto notre facteur ?

— Non, il a hérité de son oncle Armand qui a commencé par vendre des carabouyas sur le marché de Wavre et a fini directeur de l'usine qui les fabriquait. Vous vous souvenez des carabouyas ?

— Ah ben oui ! C'étaient des bonbons à la réglisse vendus par les Africains. On s'y cassait les dents tellement c'était dur ! Ils coupaient les plaques avec un marteau et ils criaient : « Jamais malade, jamais mourir ! » Son oncle était noir ?

— Non, il se mettait du cirage sur la figure. Malin comme un linge !

Georgette ne rectifia pas, c'était pas la peine, Carmen était vexée quand on corrigeait son langage fleuri et rétorquait par un «M'enfin, j'sais ce que j'dis quand même!».

— Bon, on va aller chercher un palace, précisa la femme de ménage, et on se retrouve après pour l'apéro ici. Des fois qu'Annie Cordy passerait par là...

— Sans moi, décréta René. Ce soir je vais me coucher tôt. Je pars demain de bonne heure faisait une randonnée à vélo jusqu'à Zeebrugge.

Il savait que Carmen détestait pédaler – elle trouvait que c'était un sport d'abrutis, que ça faisait suer les hommes et qu'ils sentaient le kangourou.

Comme si elle était déjà allée en Australie, se moquait Magritte. Quand on lui parlait de Namur, à seulement une soixantaine de kilomètres de Bruxelles, Carmen poussait des cris effarouchés style «C'est au bout de la planète». Étonnant qu'elle soit venue jusqu'ici... Si le facteur avait eu une 2CV elle serait restée chez elle, Magritte en était persuadé.

Lorsque René et Georgette furent enfin seuls, ouf bon débarras, elle lui reprocha de ne pas avoir été aimable, c'est le moins qu'on puisse dire.

— Ils étaient tellement contents et toi, c'est tout juste si tu ne leur conseilles pas de rentrer chez eux, espèce de mal élevé!

— Déjà qu'elle m'insupporte à la maison et que je la tolère à cause de toi, elle ne va pas venir me gâcher mes vacances en plus! Quant à Ferdinand, j'ai rien à lui dire, c'est un niais. D'ailleurs comment savaient-ils à quel hôtel on est? Tu l'as dit à Carmen de Bidet?

— Hein?

— Bizet... C'est rien, c'est une blague, répliqua Magritte, amateur d'opéra.

— Ah! fit Georgette qui avait la tête ailleurs. Ben j'ai dû lui en parler, oui. Normal qu'elle sache que nous étions absents et qu'elle ne devait pas venir faire le ménage.

— Tu aurais pu t'abstenir de lui donner le nom de notre hôtel et de préciser qu'on était à Knokke. C'était pas nécessaire.

Georgette ne releva pas. Inutile d'alimenter les polémiques, elle détestait ça.

Au moment où ils s'apprêtaient à regagner leur chambre pour se rafraîchir avant d'aller souper, le stagiaire qui remplaçait le concierge les interpella.

— Monsieur, Mme Smith, la grand-mère de Mme Daisy Fox, a demandé que vous la rappeliez. Elle m'a dit avoir déjà tenté de vous sonner plusieurs fois ici. Elle a laissé son numéro, fit-il en tendant un papier.

— Ah bon ? s'étonna Magritte. Je vais lui téléphoner de suite.

— Je monte avec p'tit Loulou pour lui servir ses croquettes, décida Georgette.

La Castafiore raconta à René qu'elle était très inquiète. À son arrivée dans le Yorkshire, Daisy n'était pas là. Elle l'avait attendue. Et la jeune femme n'avait toujours pas donné de nouvelles.

— C'est pas dans les habitudes de ma Daisy, ajouta-t-elle. Je suis sûre qu'il lui est arrivé quelque chose…

44.

Georgette était assise sur le lit en attendant que Loulou termine ses croquettes, une variété spéciale qu'elle faisait venir du pays flamand – « comme quoi, y a du bon chez eux aussi », aimait-elle préciser. La mode était plus à la pâtée, mais leur chienne était délicate et avait des problèmes gastriques, un peu comme René, fragile du ventre. Ne dit-on pas que les animaux en empathie avec leur maître développent un certain mimétisme ? Et si l'on souffre quelque part, il n'est pas rare de les voir se coucher sur cet endroit, ce qui a pour effet de calmer la douleur. Georgette y croyait très fort. René était plus sceptique.

— Qu'est-ce qu'elle te voulait, la Castafiore ?

— Elle est inquiète parce qu'elle n'a aucune nouvelle de Daisy.

— Là effectivement, approuva Georgette, je comprends qu'elle panique.

— Ce qui est bizarre, c'est qu'elle nous a laissé plusieurs messages que nous n'avons pas reçus.

— Le concierge est débordé avec les vacanciers, faut pas lui en vouloir.

— Merde, c'est son boulot quand même à ce mollusque. Le stagiaire a l'air plus zélé !

Georgette soupira. Décidément, l'homme aux clefs d'or ne trouverait jamais grâce aux yeux de son mari. Tout ça parce qu'il avait de l'allure et qu'il était beau ! La vie est injuste.

Après le souper, ils allèrent promener Jackie dans les lueurs du soir. Les lumières des bateaux sur la mer déchiraient les vagues, dessinant de longues traînées dorées, pareilles à des voiles de mariée oubliés au pied de l'autel. Les gens de la nuit ressemblaient aux personnages des tableaux de Magritte, énigmatiques et silencieux.

Les Magritte ne pouvaient plus regarder la plage sans penser au noyé dans son tombeau de sable et de pierres noires. Georgette se souvint soudain de ses mocassins parfaitement cirés. Elle avait lu dans un journal que c'était une des caractéristiques des *serial killers*, maniaques des chaussures impeccables et parfois collectionneurs de chaussettes originales. Avait-il pour autant tué Daisy ? Et s'il l'avait aimée d'un amour fou, au point d'avoir envie d'aller la rejoindre là-haut ? Peut-on supposer qu'un homme est un tueur s'il cire ses chaussures et met des chaussettes Mickey ? Une petite voix lui disait de ne pas généraliser. Une autre, de tenir compte de tous ces signes que l'on occulte, car rien n'est anodin. Son mari n'avait-il pas des tocs, lui aussi ? ou des phobies ? Il ne supportait pas de voir des vagues sur le fin tapis qui recouvrait le parquet de leur salon. Et quand Jackie, bébé, se plaisait à s'y ébrouer, cela l'agaçait à tel point que le fameux tapis termina sa vie dans le *stûve*[1]. Son mari n'était pas pour autant un assassin ! Sans doute parce qu'il était devenu un artiste ?

L'air était frais, Loulou tremblait et ils décidèrent de rentrer. Il ne fallait pas qu'elle attrape un rhume !

---

1. Si Landru avait été wallon, on aurait dit qu'il brûlait ses victimes dans le *stûve*.

— Demain, nous irons lui acheter un paletot, décréta Georgette.

— Pas question ! s'insurgea René. Je n'ai pas envie d'avoir l'air ridicule avec un chienchien à sa mémère. Déjà que les garnements du quartier m'appellent « monsieur Toutou »... Tu m'imagines aller faire faire pipisse à Loulou déguisée en pêcheur de moules ?

— Môssieur préfère rester élégant et que sa petite chérie soit malade ? T'entends, p'tit Loulou ? Papa est plus soucieux de son image que de ta santé.

Comprenant qu'on parlait d'elle, la chienne aboya.

— Ah, tu vois ? fit Georgette triomphante, elle m'approuve.

De toute façon, avec Loulou, Magritte savait qu'il n'aurait pas gain de cause. Il avait déjà réussi à dissuader sa femme de l'affubler d'un paletot ridicule, sauf que cette fois l'argument n'était pas l'élégance, mais le vent mauvais qui risquait de la faire éternuer, sapristi ! « Atchoum bénisse ! » comme disait la grand-mère du p'tit René.

Rentrés dans leur chambre, les Magritte allèrent se rafraîchir à la salle de bains, tandis que Loulou était déjà planquée sous les couvertures. René sortit fumer une cigarette sur le balcon, pendant que Georgette parcourait la gazette locale oubliée par Hergé, espérant y trouver quelques potins mondains de la jet-set de Knokke. Soudain, elle tomba sur une petite annonce qui attira son attention :

Mamadou dit le Cerbère, qui voit dans le passé, le présent et l'avenir, réalise tout vos souhèts. Retour de l'être aimé, protexion, puissance sexuel pire qu'un roc, 20 ans d'expériense venan de la source du fleuve Bankouna. Si votre femme ou mari vous trompe, il reviendra dans les 4 jour, résultas garantis – dons héréditères de père en fils. Je fais démarrer les moto russe et je chasse aussi les movais esprit. Je peut aussi jeté un sors à l'amand de votre femme ou a la métresse de votre mari. Definitivment.

Cette alléchante annonce était suivie d'un numéro de téléphone.

— René ! J'ai trouvé qui Léa Tytgat va consulter depuis un moment… Je vais lui rendre une petite visite demain, à ce cerbère.

Elle ne précisa pas à son époux qu'il s'agissait d'un marabout sinon, le connaissant, il aurait passé une nuit à faire des cauchemars.

45.

Le lendemain matin, après un copieux petit déjeuner – couques suisses, bolus et gosettes aux pommes en face de la mer –, Georgette annonça à son mari qu'elle avait pris rendez à 11 heures avec le cerbère de la femme du médecin et que c'était une sorte de marabout. Elle lui avait téléphoné de l'hôtel.

— Nous sommes prêts mon p'tit bibi, annonça-t-il, hein p'tit Loulou ?

Pas de réaction de la chienne, trop occupée à ramasser les miettes sous la table.

Georgette avait coutume de dire qu'avec elle, pas besoin de ramassette.

— J'y vais seule, décréta-t-elle.

— Comment ça ?

— René, c'est indispensable ! Je vais lui demander de me débarrasser de ta maîtresse. Si tu m'accompagnes, ça ne tient pas la route.

— Qu'est-ce que c'est pour des carabistouilles ?

— C'est sûrement pour cette raison que Léa Tytgat est allée le voir, afin que ce charlatan éloigne la maîtresse de son mari, à savoir Daisy Fox. Je veux en avoir le cœur net.

— Oui… Et après ? Tu crois à ces conneries de marabout, toi ? Parce que c'est bien un de ces « tchouk tchouk nougats », comme dirait Haddock, que tu vas consulter !

— C'est pour l'enquête.

— Tu sais qu'ils te soutirent de l'argent et que tout le reste c'est du cinéma !

— Là n'est pas la question, René. Je veux simplement savoir si cette médème Tytgat, perchée sur sa superbe, était prête à donner de l'argent pour que quelqu'un se débarrasse de celle qui lui a tricoté des cornes. Et si oui, cela signifie qu'elle est capable de bien pire…

— Si ça t'amuse de dépenser l'argent du ménage à des conneries, grogna René.

— Fais-moi confiance, je reviendrai avec de précieux renseignements.

— Très bien. Loulou et moi allons faire un tour à dos de chameau en attendant.

— Si tu vois Carmen et Ferdinand, dis-leur que je reviens d'ici une bonne heure.

— Compte sur moi ! railla René. Viens, p'tit Loulou, on se casse.

René repensa à sa vieille tante rondouillette, la sœur de son père et seule parente qui lui restait avec ses deux frères. Il n'avait guère l'esprit de famille et ne l'avait plus vue depuis longtemps. Peut-être même était-elle morte. La dernière fois qu'il lui avait rendu visite, il y avait des lustres, elle lui avait parlé des sorcières et des jeteurs de sorts. Ses sujets de prédilection. Et afin de le préserver du mauvais œil, elle avait tenu à lui apprendre une prière biscornue qu'il avait gardée en mémoire :

Cornard, cornard ! Je t'en conjure, par les grands dieux vivants, tu ne peux approcher ma maison que dix pas en avant et dix pas en arrière, sans avoir compté les cailloux cornus, les grains de sable dans la mer, les plumes d'un coq et les gouttes d'eau dans la rivière[1].

Si Georgette se faisait marabouter, il avait le remède !

1. La Wallonie fut longtemps le berceau des croyances et on allait consulter les sorcières, qui concoctaient des remèdes à base de plantes.

46.

L'antre du marabout se trouvait dans une impasse donnant sur l'avenue Élisabeth. L'endroit était glauque. Georgette sonna à une porte en métal sur laquelle il était marqué en tout petit sous la sonnette : « Cèrbère mamadou qui résout tou ».

On était chez Dieu, quoi !

Un grand type en boubou bariolé vint lui ouvrir. *Ça change une fois des touristes en short et en* slaches, pensa Georgette. *C'est exotique !*

Contrairement à elle, René détestait tout ce qui était pittoresque.

Mamadou la fit entrer dans son bureau qui ressemblait à un décor de film ! Il prit place dans un grand fauteuil doré, entouré d'objets africains et de gris-gris. Sur les étagères, des bougies allumées, des livres à la tranche dorée, une croix au mur, un prie-Dieu et un tam-tam à côté. La lueur vacillante des flammes donnait de ce lieu l'impression qu'il était hanté par quelques fantômes désœuvrés. Georgette n'était pas rassurée…

— Que puis-je faire pour toi chère madame ?

— Eh bien voilà… Mon mari me trompe et j'aimerais savoir si vous pouvez m'aider à… enfin, vous voyez !

— Je peux TOUT exaucer, lui assura Mamadou le cerbère. Sa date de naissance…

— À qui ? À la maîtresse de mon mari ?

— Non, la sienne.

— Mais, je ne veux pas que vous vous attaquiez à lui. C'est à elle que j'en veux.

— Ah bon. Tu as une photo ?

— Euh… non. Comment aurais-je pu en avoir une ? s'enquit Georgette.

— Tu aurais pu fouiller dans le portefeuille de ton époux.

— Oh, s'offusqua-t-elle, je ne me permettrais pas.

— Tu as raison d'avoir des scrupules avec un homme qui te trompe. Soit… Son nom ?

— Marinella, lâcha-t-elle en pensant à la chanson de Tino Rossi.

Il inscrivit le prénom sur un bout de parchemin, le roula comme une crêpe et le passa au-dessus des flammes du chandelier qui trônait sur son autel recouvert d'un tissu vert, en prononçant des paroles magiques auxquelles Georgette ne pigea rien.

— Voilà. Tu peux partir tranquille. C'est cinq cents francs, annonça Mamadou.

— Hein ?

— Plus le pourboire à ton appréciation : trois cents francs minimum si tu veux que ça marche.

— Je ne comprends pas ! Je vous paie et en plus vous voulez une *dringuelle* ?

— Oui. C'est pour les divinités qui font leur travail là-haut. On est en connexion.

— Elles n'ont pas besoin d'argent ! Elles sont au ciel, fit Georgette.

— Détrompe-toi. Pourquoi tu crois que les Égyptiens ils mettaient de l'or dans leur tombeau, hein ?

— Et qui me garantit que vous aurez des résultats ? Il va lui arriver quoi, à cette vilaine madame ?

— Ça dépend de toi. Qu'est-ce que tu veux ? Marinella elle peut sortir de la vie de ton mari définitivement, ou…

— Ou ?

— Il peut lui arriver malheur et comme ça tu es sûre qu'elle reviendra pas.

— Ah bon ? Vous avez déjà fait ça ?

— Je peux tout faire. Le client est roi. Mais c'est plus cher.

— Vous avez des clientes qui vous ont déjà demandé de... liquider quelqu'un ?

— Bien sûr. Je ne suis pas là pour juger, je suis là pour exaucer les vœux de mes brebis.

— Qui vous demande ça ? Par exemple, vous avez des femmes de médecin ?

Il lui lança un regard diabolique qui s'adoucit à la vue du billet qu'elle posa sur l'autel.

— Oui bien sûr. Sauf que c'est le secret professionnel. Toi, faudra revenir avec la photo. Tiens, cadeau ! dit-il en lui tendant un morceau de charbon et un petit sachet. C'est du benjouin. Tu vas le brûler et passer avec la fumée au-dessus du lit de celui qui t'a faite cocue et dire : « Que le benjouin chasse les mauvaises pensées de mon mari. » Puis, tu vas récupérer la cendre, faire pipi dessus et la jeter dans les toilettes. Il reviendra vers toi ventre à terre.

Georgette paya à contrecœur et le remercia, parce qu'elle était bien élevée, même avec les charlatans.

Ça lui avait coûté cher mais elle avait la réponse à sa question. Si Léa Tytgat avait consulté ce marabout-de-ficelle pour se débarrasser de Daisy Fox, cela signifiait qu'elle était bel et bien capable du pire...

47.

Georgette retrouva René après sa balade en chameau.

— Tu t'es bien amusé ? lui demanda-t-elle.

— Oui, et toi ? Ce marabout va nous rendre riches, beaux et célèbres ? Il a réussi à virer toutes mes prétendantes ?

— Tu as intérêt à te tenir à carreau, chéri. Je connais maintenant la formule pour neutraliser toutes celles qui auront la mauvaise idée de te tourner autour. Et pour te rendre fou de moi !

— Je le suis déjà, c'est pas difficile, fit-il en souriant.

— J'ai la preuve que Léa Tytgat allait le voir pour qu'il lui ramène son mari, mais aussi pour qu'il la débarrasse de sa maîtresse.

— Ne viens pas me dire que tu crois cet olibrius capable de faire une chose pareille en allumant des bougies et en faisant ses simagrées.

— René, ce qui compte, c'est qu'elle avait l'intention d'éliminer Daisy, et peu importe le moyen. Quand on a une obsession, on arrive toujours à ses fins. La femme du médecin est dangereuse. Il faut l'avoir à l'œil. Je pense qu'elle nous mènera à la piste de Daisy.

Et qui mieux que Nestor, le majordome, pour avoir des renseignements au sujet de la propriétaire des lieux ? Les Magritte iraient le voir en fin d'après-midi, à l'heure à laquelle il était supposé terminer sa journée de travail. Il avait dit à Georgette qu'il était en congé tous les jeudis.

— Et heureusement, avait-il ajouté, car travailler tous les jours de 8 heures à 18 heures, c'est fatigant. Surtout que médème est exigeante…

On était vendredi, c'était parfait. L'idée était de le suivre – *Oh, quel hasard ! On se promenait et voilà qu'on tombe sur vous* – et ensuite de le questionner. En attendant, ils avaient décidé de passer chez un photographe, munis de quelques photos recollées provenant de l'enveloppe de Roger Doorman afin de savoir avec quel appareil elles avaient été prises. Magritte aimait les précisions. C'était d'ailleurs une des raisons pour lesquelles il jouait volontiers aux échecs. Georgette avait bien l'intention de profiter de leur visite chez le photographe pour faire du lèche-vitrine. La dernière fois, elle avait remarqué un charmant bibi assorti à la couleur de ses yeux. « C'est pas parce qu'on est à la plage qu'il ne faut pas être élégante ! » avait-elle coutume de dire.

Sauf que leurs plans furent bousculés par l'arrivée de Carmen et de Ferdinand qui, à voir leur barda, avaient l'intention de passer l'après-midi en leur compagnie. Georgette, ça ne l'aurait pas dérangée, par contre René risquait de tirer la tronche… Elle n'eut pas à chercher une excuse, il prit les devants.

— Malheureusement, nous ne pourrons pas avoir le plaisir de patauger dans les flots en votre compagnie, ironisa-t-il, nous sommes invités à prendre une collation chez mon ami le directeur du casino où, comme vous le savez, il y a eu une grande rétrospective de mes œuvres.

Il n'avait pas pour habitude de se vanter mais vu le dédain que ne manquait pas d'exprimer sa femme de ménage chaque fois qu'elle passait devant ses tableaux, il n'avait pu résister à l'envie de lui claper le bec.

— Au casino ! C'est là que tous ces malades dépensent leur pognon à la roulette ? Ah ah ! Pourquoi pas dans une salle de billard, tant qu'on y est ? Ferdi bichon, lui, va exposer dans une vraie galerie d'art ! Il est allé montrer ses œuvres hier et il a été pris tout de suite.

— Parce que Ferdinand est un artiste ? railla Magritte. C'est nouveau, ça.

— Et pourquoi pas, s'il vous plaît ? aboya Carmen. Il sait là contre, lui ! Ferdi bouchon, montre-lui une fois ce que tu sais faire à ce *snul*. C'est autre chose que des chapeaux qui volent et des cailloux qui se baladent dans les nuages.

Ferdinand s'exécuta. Carmen lui aurait demandé de suspendre une saucisse à la place de la lune, il serait monté dans un spoutnik pour exaucer ses souhaits ! Il exposa ses chefs-d'œuvre sur le banc près duquel ils se trouvaient. Sous le regard ébahi de René, il étala des Manneken-Pis[1] fabriqués avec des capsules de bière et un cure-dents en guise de zizi. Rodin pouvait aller faire des claquettes au dancing des Flots bleus.

— Oh, c'est spécial, dit poliment Georgette.

C'était le mot qu'elle employait quand elle trouvait ça moche ! Seul René le savait… Il n'osa la regarder de peur d'éclater de rire.

— La madame de la galerie ne s'est pas trompée, c'est une connaisseuse ! pérora Carmen. Elle a dit qu'il faisait de l'art brut et que c'était l'avenir, parce que les matériaux sont de la récupération et que c'est ce qui va sauver la planète ! Mon Ferdi va devenir célèbre, LUI, et il aura sa photo dans la gazette.

— Ne pas confondre gloire et culture, lâcha René.

---

1. Manneken-Pis, mascotte de Bruxelles qui fait pipi devant les touristes derrière la Grand-Place. Il y a plusieurs légendes autour de lui, dont celle de ce *ketje* (« gamin » en bruxellois) qui a réussi à éteindre un incendie en urinant sur les flammes. Ce galopin a une garde-robe plus fournie que celle de la reine d'Angleterre ! Il a même un costume d'Elvis dont il fut revêtu à l'occasion de la sortie d'*Elvis Cadillac. King from Charleroi* – de bibi (Fleuve Éditions, 2016 ; Pocket, 2017) –, fêté en grande pompe à l'hôtel de ville de Bruxelles.

— Pour moi, répondit Carmen, à part la culture des betteraves, y en a pas d'autres.

Georgette préféra ne pas discuter, c'était inutile.

— Bon, nous on va se faire bronzer, sinon c'est pas la peine de venir à la mer, hein ! Faut que les voisins remarquent qu'on revient de vacances. Par contre vous, on dirait que vous avez pris le soleil dans un lavabo. Dites, ça vous dérangerait de mettre le sac avec les sculptures de Ferdi dans votre chambre ? Je ne voudrais pas qu'on les lui vole sur la plage.

— En effet, ce serait dommage, lâcha René.

— C'est qu'il faut remonter et qu'on était prêts à partir, expliqua Georgette. Demandez au concierge de notre hôtel pour qu'il vous les garde.

— Bonne idée ! Puis dans votre chambre, votre chienne risque de pisser dessus quand vous rentrerez, décréta Carmen. Vous êtes face à la mer, je suppose ?

— Oui, pourquoi ?

— Vous connaissez ce proverbe normand : « Quand le goéland s'envole le bec en avant, vous allez faire vos carreaux dans pas longtemps. »

— On sent l'âme de la ménagère, ricana Magritte.

Afin d'éviter la bagarre Georgette s'empressa de demander à Carmen si elle avait relevé le courrier dans leur boîte aux lettres.

— Ah oui, j'ai tout mis sur la table comme d'habitude. J'ai pas pensé à vous l'apporter. Mais y avait rien d'urgent.

— Et rien pour vous ? lui murmura Georgette.

— Si ! Encore une lettre dans une enveloppe rouge de ce mystérieux Jean-Marcel de Montalembert. Je me demande pourquoi il les dépose dans votre boîte.

— Parce qu'il ne connaît pas votre adresse.

— Mais s'il sait que je travaille chez vous, c'est qu'il me suit !

— Faites quand même attention...

— Mais non, la rassura René, avec la tronche que vous avez, vous ne risquez pas de vous faire violer.

— Il plaisante, affirma Georgette en fustigeant son mari du regard.

— Ah, parce qu'il a de l'humour ? s'étonna Carmen. Ces lettres sont sublimes, ce monsieur est un poète, LUI ! insista-t-elle en toisant Magritte.

— Comme dit mon ami Colinet à propos des poètes : « Ils se mettent fermement en tête de dire l'impossible. C'est ainsi qu'ils arrivent parfois à dire quelque chose. »

Ferdinand ne pipait mot. On aurait dit que le vent du large avait emporté sa langue. Il est vrai que la femme de ménage tenait le crachoir.

Les Magritte s'éloignèrent avec Loulou qui trottinait gaiement. Elle semblait particulièrement joyeuse. Ce n'est qu'un peu plus loin que Magritte s'aperçut qu'elle avait un Manneken-Pis dans la gueule !

— Nom de Dieu ! s'écria-t-il. Loulou a bouffé une œuvre d'art !

Georgette et lui se mirent à rire.

— Tout de même René, c'est pas gentil de se moquer de ce brave homme. Il passe son temps comme il peut et ne fait de mal à personne.

— T'as raison mon p'tit poulet, dorénavant, garde-moi les capsules de bière…

48.

En bon commerçant, le photographe de l'avenue Lippens examina les photos sans demander pourquoi elles avaient été déchirées. *Ça ne nous regarde pas…*

Il leur apprit qu'elles avaient été prises avec un appareil à soufflet Coronet, fabriqué en Angleterre au XXe siècle, précisa-t-il, fier de faire étalage de ses connaissances. René en profita pour lui acheter des pellicules, en vue de son projet, *L'Affaire Colinet*, avec ses amis qui avaient prévu de débarquer le week-end suivant.

Ensuite, l'on baguenauda dans la grande avenue qui foisonnait de boutiques qualifiées par Magritte d'« attrape-ménagères ». Georgette ne faisait pas exception à la règle. Elle craqua pour le bibi de la couleur de ses yeux et aussi pour un collier à grosses boules blanches en plastique. « Peu importe que ce soient des vraies ou des fausses, aimait-elle dire, c'est l'effet qui compte. » En ce sens, elle rejoignait son mari qui trouvait souvent les copies des peintures meilleures que les originaux et qui, à la sortie d'une expo, avait déclaré qu'il préférait les mêmes en cartes postales.

Afin d'attendre 18 heures, heure à laquelle Nestor avait fini son boulot, les Magritte se tapèrent une Blanche de Hoegaarden, cette blonde naturellement trouble au nom de princesse de conte de fées et fruit d'une recette ancestrale, dont le petit secret était l'ajout de coriandre et de curaçao à l'eau de source de cette bourgade du Brabant flamand.

Peu avant 18 heures, ils se pointèrent dans l'allée qui jouxtait la villa des Tytgat. Pile à l'heure, pas un poil de plus, Nestor sortit, avec sa gabardine noire et son chapeau. De dos, il ressemblait à la peinture de Magritte *Le Maître d'école*, personnage énigmatique et solitaire face à un champ désertique avec, au loin, des silhouettes fantomatiques de maisons sous un ciel bleu nuit faiblement éclairé par un croissant de lune. Ce genre de lune que l'on retrouve dans les livres d'images de notre enfance.

Le majordome marchait d'un bon pas. Il avait l'air pressé de regagner ses pénates. On pouvait le comprendre ! Être au service d'une maîtresse aussi exigeante et méprisante ne devait pas être une sinécure.

— Je pense qu'il la déteste, marmonna Georgette.

— Ce n'est pas difficile. C'est une peau de bique.

— Du coup, ça ne devrait pas être compliqué de lui soutirer quelques secrets croustillants au Nestor !

— Tu crois ? Ce genre de personnes serviles est capable de lécher les bottes de son bourreau.

— Je le soupçonne d'être bien plus pervers que ça, décréta Georgette.

Ils eurent du mal à le suivre à cause de Loulou qui prenait son temps pour renifler les effluves laissés par ses petits camarades au pied des réverbères.

— Il faut le rattraper avant qu'il entre chez lui, suggéra Georgette.

René prit sa chienne dans ses bras. Ils accélérèrent le rythme et finirent par rejoindre Nestor et le dépasser, mine de rien. Là, Magritte déposa Jackie par terre et en profita pour se retourner.

— Oh ! s'exclama-t-il. Qui voilà ?

— Quelle coïncidence ! crut bon d'ajouter Georgette.

Nestor se contenta d'ôter son chapeau en guise de salut. Il n'avait pas l'air de vouloir s'attarder pour faire la causette.

— Vous habitez dans le coin ? insista René.

— Oui… Dans la maison juste là, fit-il en désignant une demeure très modeste qui contrastait avec le « château de Moulinsart » dans lequel il travaillait.

Ça doit être dur, pensa Georgette, *de côtoyer l'opulence et de devoir se serrer la ceinture.* Elle en savait quelque chose, elle n'oubliait pas l'époque où la peinture de son mari ne se vendait pas. À présent, tout allait bien et ils pouvaient se faire plaisir.

— Vous devez être soulagé de rentrer chez vous ! Votre maîtresse n'a pas l'air commode.

— Je n'ai pas à m'en plaindre, dit-il en regardant Georgette.

— Ah bon ? Pourtant, elle a l'air sévère et mon mari et moi n'aimons pas beaucoup la façon dont elle vous traite. On peut dire qu'elle a bien de la chance ! Vous semblez si dévoué…

— Je ne fais que mon travail du mieux que je peux.

— J'espère que monsieur est plus gentil, surenchérit Magritte.

— Oh lui, je ne le vois pas souvent. Il a beaucoup d'obligations. Le monde est rempli de malades…

— Mon mari avait des petits soucis de santé et nous sommes allés lui rendre visite. Il y avait effectivement quelques patients dans son cabinet. Pas foule non plus. Entre nous, un couple qui se voit peu ne peut être solide et nous soupçonnons monsieur le docteur d'aller voir ailleurs…

Nestor arbora un air étonné, limite offusqué. Georgette n'était pas dupe, elle voyait bien qu'il jouait un rôle. *On ne crache pas dans la main qui vous nourrit…*

— Vous savez, insista-t-elle, c'est un secret de polichinelle. Tout Knokke est au courant. Même sa femme.

Le majordome resta figé dans une attitude digne des gardes royaux de Buckingham Palace. Elle sut alors qu'ils n'en tireraient rien. Et fut du même coup persuadée qu'il cachait quelque chose…

49.

Nestor mit fin à leur conversation et à leurs ragots par un « Veuillez m'excuser, je suis attendu ».

Quelques pas plus loin, les Magritte le virent pousser une petite barrière métallique et disparaître dans la cour sombre de sa maison. Ils se regardèrent en pensant la même chose.

— On va se planquer derrière la haie du voisin et attendre, proposa René. Vu que les volets sont fermés, c'est la cachette idéale.

Comme la demeure du majordome était au nord, l'intérieur se trouvait dans la pénombre et Nestor alluma la lumière. Les Magritte le virent ôter sa gabardine, suspendre son chapeau à la patère et arranger un bouquet de fleurs sur la table.

— Ça ressemble à un rendez-vous galant, chuchota Georgette.

Soudain, un bruit de petits pas pressés martela le trottoir. À leur grande surprise, ils reconnurent la femme de chambre de leur hôtel.

— Demain, pendant qu'il sera à Moulinsart, murmura René, je viendrai faire un tour dans sa baraque. Je pense que tu n'as pas tort mon p'tit poulet, cet homme nous cache quelque chose. Je dirais même plus…

Lorsque la femme de chambre eut pénétré dans l'antre du loup, celui-ci ferma les tentures sur leur histoire.

Les Magritte s'extirpèrent de leur cachette et regagnèrent leur hôtel pour le souper. Le lendemain, Georgette irait cuisiner la soubrette et lui parler chagrins d'amour, petits mouchoirs et grandes espérances.

Ce soir au menu : filet américain ! René raffolait de ce « steak tartare », comme l'appellent les Français. Avec de la moutarde, des câpres, des oignons finement hachés et un chouia de sauce anglaise, que du bonheur pour le palais ! Le tout accompagné de frites cuites à la graisse de bœuf, bien sûr.

— Et avec ça, monsieur Magritte ?

— Je prendrais bien une Grimbergen, s'il vous plaît.

— Et madame Georgette ?

— Oh, un rosé d'Anjou fera l'affaire.

— Trèèès bien, madame Georgette.

— Lèche-moi le cul, je te dirai merci, murmura René avec un sourire carnassier.

— M'enfin, ce garçon est très stylé, je trouve, protesta son épouse.

— Je n'aime pas ceux qui font des courbettes. À ce propos, n'as-tu rien remarqué lorsque nous étions en train d'espionner Nestor, poil au corridor ?

Georgette pouffa.

— Non, j'aurais dû voir quelque chose ?

— Cela m'étonne de toi, mon p'tit bibi. Allez, je vais te mettre sur la piste. Quand la femme de chambre est passée…

— Eh bien quoi ?

— Elle sentait ton parfum.

— HEIN ? Tu es sûr ?

— Certain. Même Loulou a failli éternuer, se moqua-t-il.

— C'est impossible, décréta Georgette. Celui-là, je l'ai acheté chez un parfumeur qui le fabrique lui-même de façon artisanale lorsque nous étions en vacances en Italie, à Ischia.

— Ne me rappelle pas de mauvais souvenirs, grogna Magritte.

Non seulement ils avaient eu froid dans ce « pays du soleil » mais, en plus, ils y étaient allés sur les conseils du médecin de René, pour un traitement par la boue radioactive et brûlante, avec l'espoir qu'il revienne au bercail en meilleure santé. La nourriture était tellement infâme – quelques épinards baignant dans un liquide tiède qui tenait lieu de potage – que René avait perdu quelques kilos et sa joie de vivre.

— Crois-tu qu'elle pique mon parfum ? s'inquiéta Georgette.

— À n'en point douter.

— Ce qui signifie que cette femme n'est pas honnête…

— Exactement ! Mais je te rappelle que tu as fait pareil dans la villa de Rosa Velours…, s'amusa-t-il.

— Pas pareil. Moi, c'était pour garder un souvenir.

— L'acte est le même, conclut Magritte. Mais tu as raison, les mots changent tout.

Ainsi peut-on excuser le diable qui tire la langue pour se lécher le bout du nez.

50.

Le lendemain matin en sortant de leur chambre, les Magritte croisèrent la femme de chambre poussant son chariot. Depuis qu'elle savait qu'elle lui piquait son parfum pour aller à son rendez-vous galant, Georgette ne la considérait plus avec bienveillance, plutôt avec l'envie de lui envoyer sa sacoche dans la tronche. Cependant, elle se força à être aimable pour les besoins de leur enquête.

— Alors, fit-elle, guillerette, vous voilà déjà bien chargée avec toutes ces serviettes. Ce doit être dur de se lever si tôt, surtout si vous avez une vie de famille.

— Je suis célibataire, répondit la femme de chambre.

— Ah bon ? Même pas un petit ami ou un fiancé, jolie comme vous êtes ?

Un peu de flatterie marchait à tous les coups, et la demoiselle rougit. À bien la regarder, Georgette la trouvait beaucoup plus jeune que Nestor. Et alors ? René était de trois ans son aîné ; lorsqu'ils s'étaient rencontrés, la petite Georgette n'avait que douze ans et lui, c'était un « vieux » de quinze ans ! N'avait-elle pas craqué pour ce jeune homme au sourire charmeur et coquin qui déjà la trouvait si mignonne ?

— J'ai bien quelqu'un, avoua-t-elle.

— Ah ! C'est du sérieux ?

— Il ne m'a pas encore demandée en mariage.

— Ça va venir, promit Georgette… C'est pas le concierge, par hasard ? Il est plutôt beau garçon.

Elle utilisait souvent cette méthode qui consistait à prêcher le faux pour savoir le vrai.

— Oh non ! Lui, son cœur est pris. On sait tous qu'il a eu un gros chagrin d'amour. Il ne s'en est jamais remis et ça l'a rendu grincheux. Avant il était plutôt joyeux. C'est effrayant l'amour, quand on voit les dégâts que ça peut faire.

— Qu'est-ce qui s'est passé ? demanda Georgette, friande des potins de couloir.

— M'enfin mon p'tit poulet, ça ne nous regarde pas !

— Oh, de toute façon, il n'est pas du genre à se confier. Il est comme un coffre-fort à la banque. Et personne n'a la clef.

Lassé de ces bavardages, Magritte annonça qu'il descendait avec Loulou pour sa promenade hygiénique.

— On se rejoint à la table du déjeuner, fit Georgette.

Elle extirpa ostensiblement sa bouteille de parfum de son sac et s'en aspergea devant la femme de chambre, arborant un grand sourire et précisant :

— Mon époux adore cette odeur. Il trouve que je suis la seule à pouvoir la porter.

Et elle s'en alla rejoindre son René, contente d'elle, imaginant ce qui devait se passer dans la tête de la voleuse.

Magritte et Loulou n'étaient pas encore rentrés de la promenade. Il suffisait qu'elle ait rencontré un autre chien à son goût pour s'adonner à une séance de reniflage qui n'en finissait plus.

— Bonjour madame Georgette ! Café-croissants ce matin ou prendrons-nous des tartines aujourd'hui ?

— Des croissants, ce sera parfait. Merci.

— Monsieur n'est pas là ?

— Si, si, il va arriver.

Ces petites politesses courtoises allaient lui manquer à Bruxelles. René, ça le gonflait ! Il aimait imiter le garçon de café en faisant des courbettes ridicules qui finissaient par faire rire son épouse.

Quand son mari arriva, Georgette s'empressa de partager ses impressions sur la femme de chambre.

— Si tu veux mon avis, elle est naïve et croit encore au Père Noël. Le majordome l'utilise pour lui soutirer des renseignements.

— Pourquoi ferait-il ça ? Elle n'est pas vilaine, et pour lui, c'est inespéré.

— On ne peut pas dire qu'il soit moche non plus, s'insurgea Georgette.

— Il est chauve.

— Et alors ? Yul Brynner aussi…

René n'insista pas. Il savait qu'il n'aurait pas gain de cause avec cet acteur devant lequel toutes les ménagères se pâmaient. La question n'était pas de débattre du physique de Nestor, mais de ne pas tomber dans des idées de complots. Pourquoi ces deux amants ne s'aimeraient-ils pas, tout simplement ? Jusqu'ici, rien de louche.

Après le déjeuner, les Magritte, profitant de ce qu'il était au travail, avaient prévu d'aller rôder aux alentours de la maison du majordome. Georgette ferait le guet avec Loulou pendant que René chercherait un moyen de s'introduire à l'intérieur pour fouiller. À vrai dire, il avait peu d'espoir d'y dénicher quoi que ce soit d'intéressant. Mais selon son épouse, « c'est souvent là où on s'y attend le moins qu'on découvre des rats dans le grenier ».

Ce qui rejoignait sa théorie : « Toute chose visible cache autre chose de visible. »

Et chez Nestor, il trouva un appareil photo à soufflet de marque Coronet.

51.

Magritte estimait que le majordome était trop poli et trop servile pour être honnête. Lèche-cul et dévoué à sa maîtresse, « marche-moi sur le pied et je te dirai merci ». Magritte détestait les carpettes. Et le fait qu'il ait découvert chez lui l'appareil avec lequel les photos compromettantes de Daisy et son amant avaient été prises ne l'étonnait guère. Ainsi, Nestor était le maître chanteur... Cela en faisait-il pour autant un assassin ?

— Et s'il avait tué Roger Doorman parce qu'il n'a pas voulu payer ? suggéra Georgette.

— Ça ne tient pas la route mon p'tit poulet. On ne tue pas les gens pour cette raison.

— De nos jours, on tue pour moins que ça... Autre hypothèse : imagine que Nestor soit tombé amoureux de Daisy. Jaloux, il décide de se venger, il la prend en photo avec son amant et flanque le bazar auprès de son mari et de la femme de l'amant.

— Ce qui me turlupine, objecta René, c'est qu'il a l'air de défendre cette teigne de Tytgat, qui le traite comme un paillasson.

— Il ne crache pas dans sa soupe, voilà tout.

— Pour un salaire de *mandaï*? Si tu veux mon avis, il y a autre chose de louche là-dessous.

— Et si..., réfléchit Georgette, si c'était elle qui lui avait demandé de prendre ces photos pour coincer son mari et demander le divorce ? Elle semble avoir des principes, et passer pour une épouse cocue ne doit pas lui plaire. Bon, paraît que c'est elle qui a le fric et pas lui, mais il se peut aussi qu'ils n'aient pas de contrat de mariage. La séparation de biens n'est pas dans les coutumes. Et en cas de divorce, c'est kif-kif, sauf s'il y a faute. Dans cette éventualité, la femme cocue ramasse alors tous les sousous dans sa popoche.

— Possible. Mais alors, pourquoi Nestor aurait-il remis la même enveloppe à Roger Doorman ?

— Parce que Léa Tytgat voulait qu'il soit au courant. C'était sa petite vengeance. Et l'autre larbin n'a fait qu'obéir, probablement pour du pognon. Elle a dû lui proposer une prime de Noël...

— En tout cas, rien ne prouve qu'il ait tué Doorman, et la femme du médecin n'avait aucune raison de le faire, conclut René. Par contre, la thèse selon laquelle elle a commandité les photos tient. C'est un argument de poids pour un divorce et cela explique qu'elle ne les ait pas déchirées, contrairement au mari de Daisy qui a passé ses nerfs dessus.

— D'accord. Nous avons donc le maître chanteur, Nestor. Et probablement la femme qui lui a commandé ces photos : Léa Tytgat. Sauf si le majordome était fou amoureux de Daisy, résuma Georgette.

— Et la femme de chambre ?

— Je suis persuadée qu'il l'utilise pour avoir accès à l'hôtel. C'est elle qui a dû lui parler du mari de la « disparue » et comme c'est pas difficile de lui tirer les vers du nez, elle lui aura sans doute révélé dans quelle chambre il dormait. Facile après de glisser l'enveloppe sous sa porte. La soubrette, tu lui demandes l'heure et elle te raconte le reste. Quant à la relation que Daisy entretenait avec le toubib, il n'a pu l'apprendre que de Léa Tytgat, qui a dû lui proposer de suivre son mari. C'est ce qui me paraît le plus plausible, non ?

— Mmm…, se contenta de répondre René. Mais franchement, tu imagines Nestor et Daisy Fox, toi ?

— Les amours impossibles amènent à commettre des actes terribles. Fou d'amour, il découvre que Daisy a un amant et il la tue. Puis voilà que son mari débarque et vient mettre son nez dans l'affaire. Panique à bord ! Comme il ne veut pas que le Roger risque de découvrir son crime, il le tue.

— Tu oublies que Daisy a laissé un message téléphonique à sa grand-mère.

— Qui te prouve que c'est elle qui a appelé ?

— Personne, admit René. Et rien non plus ne prouve qu'elle soit morte.

52.

Les Magritte furent interrompus dans leurs réflexions par l'arrivée du facteur et de Carmen, qui débarquèrent en grande pompe sur la terrasse de l'hôtel, lui avec un look de vacancier : short immaculé et marinière. Ce qui tapait surtout dans l'œil, c'étaient ses chaussettes de joueur de tennis, bien remontées sur ses mollets de coq, avec ses sandalettes. Et la diva de la loque à reloqueter[1] arborait un chapeau de style lampadaire que si tu tournes ta tête, tu éborgnes ton voisin. Dessous, une robe à ramages qui ressemblait à son plumage : moche et criard, un machin que tu ne peux regarder qu'avec des lunettes de soudeur.

— Nous sommes venus vous dire au revoir, leur annonça Ferdinand.

— Oh ! déjà ? C'est dommage ! s'exclama Georgette.

— Oui, c'est vraiment regrettable, ajouta René qui jubilait intérieurement.

— Nous avions prévu de rester plus longtemps, expliqua Carmen, mais la tante de Ferdi pitchoune est morte. C'est son cousin Isidore qui lui a annoncé quand il a sonné pour demander des nouvelles.

---

1. Une « loque à reloqueter », en wallon c'est une serpillière. Tu l'utilises le jeudi ou le vendredi pour « faire ton samedi » et faire blinquer ton pavement.

— Oui, je suis très famille, précisa le facteur.

— Qu'est-il arrivé à votre tante ? s'enquit Georgette.

— Eh bien, répondit Carmen, qui visiblement avait pris les culottes de Ferdi bichon, la tante Paulette avait fait appel à un hypnotiseur par correspondance. Un Bourguignon qui s'appelle Beaujolais.

— Ça inspire tout de suite confiance, railla Magritte.

— Elle avait trouvé une petite annonce dans la gazette, précisa le facteur.

— Ne m'interromps pas, Ferdinand. Où en étais-je ? Ah oui, la tante Paulette avait donc commandé la méthode d'autohypnose « Zénitude et slaptitude[1] » – preuve que c'est universel – et voilà t'y pas qu'au beau milieu de sa séance, son enregistreur s'arrête net. Bref, elle ne s'est plus réveillée !

— Mon Dieu ! s'écria Georgette. C'est terrible.

— Il aurait fallu essayer le coup du baiser du Prince charmant, lâcha René.

Georgette lui écrasa le pied sous la table et lui lança un regard furax.

Carmen et son facteur n'avaient visiblement pas capté et ce dernier reprit la parole pour expliquer qu'il avait écouté le début de la bande et que le Bourguignon disait en roulant les *r* un peu comme René : « Dorrrrmez, je le veux ! Vos paupièrrrres sont lourrrrdes… » Que déjà rien qu'avec ça, t'avais envie de roupiller.

— Nous allons lui intenter un procès, certifia Carmen.

— Ce sont peut-être les piles de l'enregistreur à tata Paulette qui étaient plates, objecta Ferdinand.

— C'est pas un argument. Il n'avait qu'à prévoir. Faut raquer le pognon là où on peut. Ce type est un criminel. Au fait, Ferdi chou, tu vas hériter alors ?

1. « Slaptitude » vient du flamand *slapen*, « dormir ». Quand on dit « J'ai une slaptitude », c'est qu'on a un coup de pompe. Un peu comme quand on entend le discours du roi des Belges à la nouvelle année…

— M'étonnerait. Elle vivait dans une maison de retraite, au home Les Trois Bégonias, à Marcinelle.

— Oh, fit Carmen, déçue. Enfin, ne perdons pas espoir, on peut parfois avoir de bonnes surprises. Tu te souviens de ce clochard, en Amérique, qui dormait sur un matelas crasseux et, à sa mort, on a découvert qu'il était rempli de billets de banque ! Bon, on se revoit la semaine prochaine, hein madame Georgette. Y aura du ménage à faire avec tous les ramasse-poussière de M. René. Dites, fit-elle en le toisant, j'espère que la mer vous inspirera et que vous ferez enfin des peintures qui ressemblent à quelque chose ! Avec des bateaux et des couchers de soleil. Parce que celle avec le doigt et un grelot au-dessus, par exemple, c'est n'importe quoi !

— Il l'a peinte pour notre amie et poétesse Irène Hamoir, l'épouse de Scutenaire.

— Hé bé ! Merci du cadeau, dites ! Même dans ma cave, je ne le mettrais pas. Je trouve ça très mal élevé de montrer un doigt. Il a voulu faire quoi, le peintrillon, avec le grelot au-dessus ? Un *i* comme Irène, c'est ça ? Le grelot, c'est pas le truc que les dingos accrochent sur leur costume ? Et cet escalier qui conduit droit dans le mur, ça rime à rien. Au lieu de dessiner ses ratchatchas, il ferait mieux de repeindre votre façade. Encore qu'il serait capable de rajouter des chapeaux boules dessus !

— C'est ça, à un de ces quatre ! Une paille dans le derrière et le feu dedans, marmonna Magritte en la fustigeant de ses yeux gris acier.

Quand ils furent partis, René commanda une Duvel. Il aurait bien eu besoin lui aussi d'une séance d'autohypnose pour se calmer les nerfs. Il avait envie de zigouiller sa femme de ménage.

53.

Magritte ne raffolait pas des vacances et le pittoresque ne l'intéressait pas. Même si la mer lui procurait un certain plaisir parce qu'il s'y détendait et retrouvait un peu de son insouciance, il ne fallait pas que ça dure trop longtemps. C'était surtout les trajets qui l'ennuyaient profondément. Pour lui, les vacances se passaient à domicile. « Je ne vois dans les projets de voyage que les côtés désagréables. Je manque presque totalement de cette imagination indispensable pour se mettre en route. La perspective du retour à Bruxelles n'a rien de douloureux, je ne serais pas mécontent d'y trouver le calme relatif de la rue des Mimosas. » Son chevalet lui manquait, et aussi ses parties d'échecs au Greenwich, un café près de la Bourse, au cœur de Bruxelles, où sa réputation de champion éclipsait sa renommée de peintre. Et lorsqu'il battait son partenaire, il avait plaisir à lui dire : « Vous avez joué comme une grosse bièsse ! » Il se souvenait de ses premières vacances à Soignies, chez sa tante, quand il était adolescent. Déjà il passait son temps dans un cimetière désaffecté où des colonnes de pierre brisées jonchaient les feuilles mortes, à observer un vieux peintre qui, tel Prométhée, fit jaillir en lui une étincelle. Il venait de découvrir que la peinture contenait quelque chose de magique ! D'ailleurs le tableau avec son chien, intitulé

Le Civilisateur, provenait de la mythologie grecque où le feu civilisateur assurait le défrichement des terres incultes. Quel rapport avec Loulou ? Aucun. René Magritte clamait souvent que les titres de ses tableaux – en grande partie trouvés par ses amis – n'étaient pas des explications et que les tableaux n'étaient pas des illustrations des titres. Et il ajoutait : « Les titres sont choisis de façon à donner au spectateur une juste méfiance envers la tendance médiocre qui le pousserait à se rassurer trop facilement. »

Un jour que ses amis séchaient sur un titre, il leur annonça :

— J'ai trouvé !

Contents parce qu'ils commençaient à fatiguer, ils lui demandèrent :

— Qu'est-ce que c'est ?

Il répondit :

— *Akwakwakwakwa.*

Avec le temps, il se rendit compte qu'il fallait protéger cette flamme créatrice et l'entretenir. Jamais Georgette n'intervenait dans son travail. Elle donnait parfois son avis quand il le lui demandait et l'inspirait en tant que modèle, mais pas plus. À un journaliste elle avait confié qu'être regardée par un peintre était sans nul doute la chose la plus érotique et troublante qui soit !

Grâce à Georgette, Magritte pouvait s'évader en toute tranquillité. Elle était sa plage et il pouvait naviguer sur la mer houleuse à bord de quelques vaisseaux fantômes.

Mener des enquêtes nourrissait également son imaginaire et faisait parfois naître chez lui des images surprenantes. Tout dans la vie des artistes est un alambic qui distille le quotidien pour le transformer en breuvage divin à qui sait s'en servir.

Ce jour-là, Georgette avait décidé d'aller se promener à Zeebrugge, ce qui avait valu une lettre envoyée par Magritte à André Breton :

Sur le môle de Zeebrugge, nous regardions d'en haut la mer et il fallait découvrir une belle pensée. Je vois encore trois enfants qui couraient sur la plage déserte, et la mer à cet instant « sérieusement » lumineuse. Moment privilégié.

À aucun moment un peintre ne peut regarder le monde sans l'imaginer sur une toile ou sans en extraire des éléments pour refaire son propre tableau, ni un écrivain sans écouter la musique des mots qu'il lui inspire. On ne peut créer si l'on n'est pas hanté par son œuvre.

Tandis que Georgette était partie avec Loulou qui faisait des cumulets[1] dans le sable, René restait rêveur sur le môle à contempler les vagues sauvages qui lui inspirèrent *Le Beau Navire*, une image de Georgette nue, appuyée sur une pierre, dos à la mer et tenant une rose. Le bas de son corps était de chair mais là où apparaissaient les vagues, il prenait la couleur de l'eau et du ciel.

C'est alors qu'il la vit… Cette mystérieuse créature, croisée dans les rues de Bruxelles, avec sa longue chevelure rousse qui avait l'air de surgir d'un tableau de Botticelli. Elle marchait et on aurait dit que ses pieds ne touchaient pas le sol. Elle avançait doucement vers le bout du môle allant mourir dans la mer. René hâta le pas, espérant cette fois la rattraper. Pourtant, au fond de lui, il savait qu'elle n'était qu'une illusion, le fruit de son imagination. Cependant, un reste d'enfance auquel il tenait plus qu'à toutes les richesses de la terre le poussait à y croire. Et quand il crut pouvoir l'atteindre, elle disparut dans les flots.

Il vit briller quelque chose sur les roches noires, se baissa et ramassa l'objet. C'était une clef. Il la glissa dans sa poche. Venait-elle de cette créature mystérieuse ou était-ce tout simplement quelqu'un qui l'avait perdue ?

1. Cumulets : cabrioles, bref des trucs qu'on ne peut plus faire à l'âge de la retraite !

Elle avait une forme étrange ; on aurait dit une de ces clefs gardant les secrets des meubles anciens. Et le plus curieux, c'est qu'elle semblait neuve. Elle brillait comme de l'or, ou des paillettes de soleil un soir de carnaval quand les chars emportent les âmes damnées vers la douceur des choses.

Il ne sut expliquer pourquoi, mais il était sûr que cet objet avait quelque chose à voir avec leur enquête. Ou peut-être était-ce un clin d'œil à son tableau *La Clef de verre*[1] où l'on voyait une pierre en lévitation au-dessus des montagnes ? Le titre évoquait une fragilité en contraste absolu avec l'image et cependant, on ne pouvait qu'être déstabilisé par cette pierre qui planait telle une menace et risquait de tout écraser en tombant.

---

1. De nombreux titres furent proposés pour cette toile. Dans une de ses lettres à l'écrivain André Bosmans, Magritte écrivit : « J'ai trouvé et peint un tableau sublime. » Il estimait que « ce tableau donne du bonheur. Des pierres sont des porte-bonheur. L'edelweiss porte-bonheur fleurit sur la montagne ». Tout le paradoxe de l'œuvre de René Magritte est là, dans cette clef de verre qui ne peut rien ouvrir puisqu'elle se casserait inévitablement.

54.

Allongée dans un transat ligné bleu et blanc, Georgette savourait les caresses du soleil entre les nuages qui lui rappelaient les tableaux de son mari. Elle s'amusait parfois à y voir des personnages. Jamais elle n'oublierait que petite, le 6 décembre, jour de la Saint-Nicolas, elle avait vu en sortant de chez elle un nuage qui ressemblait au saint homme assis dans un traîneau. Et lorsque à l'Innovation, un grand magasin à Bruxelles, elle l'avait vu tirer sur sa barbe pour essuyer la sueur, elle s'était persuadée qu'il s'agissait d'un comédien et que le vrai saint Nicolas existait bel et bien dans le ciel. Peut-être même y croyait-elle encore ? Vivre avec Magritte ouvrait les portes du mystère.

Carmen n'y comprenait rien. Trop déroutant pour elle. Mais Georgette pouvait parfois être très émue devant un tableau. Pourtant, son mari précisait bien qu'il n'y mettait pas de sentiments et se contentait de peindre des images. Le choc émotif venait précisément de cette plongée dans un univers inconnu et déroutant, créé par des objets ou des personnages qui n'ont rien à voir les uns avec les autres. Magritte estimait qu'il ne faut pas connaître la peinture pour l'apprécier. C'est juste une question de sensibilité. Et qu'un artiste est celui qui ne reste pas dans les clous. Il faut oser déborder, désobéir aux règles. C'est la différence entre un vrai peintre comme Picasso et un tâcheron qui nous fait un copié-collé parfait de la réalité.

Inévitablement, Georgette en revint à leur enquête. Ses voisins bruxellois tapageurs avaient plié bagage et le calme était revenu. Elle pouvait à nouveau entendre le murmure apaisant des vagues.

Et si le médecin avait tué sa maîtresse parce qu'elle exigeait qu'il quitte son épouse ? pensa-t-elle en triturant les boules blanches de son collier.

Le mari de Daisy débarque, flanque son nez dans l'affaire et n'a pas l'air de vouloir repartir sans avoir retrouvé sa dulcinée, donc il devient encombrant et risque de découvrir le pot aux roses. Le toubib a peur et il le tue. Ça se tient.

Plus elle y réfléchissait, plus elle était persuadée que l'histoire de chantage et celle des meurtres étaient liées, mais que le maître chanteur n'était pas forcément l'assassin. C'était l'effet domino.

Elle fouilla dans son sac et en extirpa les jumelles que René lui avait offertes lors de leur précédent séjour à la mer.

— Ainsi, tu pourras regarder les mouettes, lui avait-il précisé.

Elle avait toujours eu beaucoup de plaisir à observer les oiseaux. Chez eux, ils avaient des perruches.

Elle balaya l'horizon, vit René au loin avec Loulou qui barbotait dans l'eau. Il lui lançait un bâton dans les vagues et elle courait le chercher. Seul moyen pour faire trempette car la frileuse rechignait à aller se baigner. Il est vrai que la mer du Nord n'était pas pour les mauviettes ! Même l'été elle était froide.

Soudain, elle vit un couple à l'écart des touristes et trouva attendrissants ces amoureux qui cherchaient à être seuls, loin du regard des autres. Machinalement, elle zooma au maximum, et ce qu'elle découvrit la laissa pantoise : Léa Tytgat dans les bras d'un jeune homme qui n'était visiblement pas son mari !

55.

Lorsque René rappliqua avec Jackie qui courait derrière lui, un bout de bois dans la gueule, Georgette s'empressa de lui coller les jumelles sur les yeux, sans autre explication. L'image était suffisamment parlante.

Son mari n'en revenait pas !

— Eh bien mon p'tit bibi, avec ses grands airs de duchesse Mme Tytgat est une sacrée coquine !

— À supposer que Daisy ait été tuée, quel intérêt aurait-elle eu à la liquider ou à commanditer son meurtre ? Puisqu'elle a un amant, qu'elle veuille divorcer c'est une chose, mais elle n'a pas de raison d'être jalouse de la maîtresse de son mari, si ?

— Va savoir ! La nature humaine est bien complexe, mon p'tit poulet…

— Ce serait intéressant quand même de se renseigner auprès du notaire pour savoir si en cas de divorce tout lui revient. Peut-être a-t-elle pensé à faire un contrat de séparation de biens. Dans ce cas, vu que c'est elle qui a tout le pognon, elle est éliminée des suspects. Quoique je doute que le notaire nous divulgue ces renseignements.

— Sauf si la police lui demande, précisa René d'un air malicieux. Je vais sonner à Jefke.

— Bonne idée !

Magritte laissa p'tit Loulou à sa maîtresse et il alla se changer dans la cabine, puis rentra à l'hôtel pour appeler son ami. Celui-ci lui promit de faire le nécessaire.

— Ce ne sera pas facile, ajouta-t-il, car le commissaire de Knokke a clôturé l'affaire du noyé. Quant à sa femme, Daisy Fox, vu qu'elle est adulte, elle a le droit de disparaître où elle veut. Et pour l'instant, aucun indice ne prouve qu'elle a été kidnappée. Il n'y a pas eu de demande de rançon ?

— Non, pas que je sache, répondit René.

— Sinon, ça avance ton roman policier, *menneke* ?

— Oui, oui…, mentit Magritte.

Au moins, il était sûr que son ami n'était pas pressé de le lire : il n'aimait pas les livres.

Engoncée dans son transat, Georgette réfléchissait. Si Léa Tytgat avait un amant, elle se fichait sûrement pas mal que son mari tire les draps de soie de son côté. Du coup, elle n'avait non plus aucune raison de céder à un quelconque chantage concernant les photos. Ni de tuer Roger Doorman. Le Dr Tytgat était-il au courant qu'elle avait un amant ? Ces deux-là pouvaient très bien s'entendre pour vivre chacun leurs aventures en toute discrétion. Même si Knokke était un nid à cancans. Aux terrasses des cafés de la place M'as-tu-vu, c'est sûr que ça jacasse…

Alors qui avait tué Roger Doorman ? Parce qu'elle en était certaine, cet homme-là ne s'était pas noyé. Il était déjà venu souvent à la mer, il le leur avait dit, et connaissait les dangers de se promener sur le brise-lames. Maniaque comme il était, c'était pas non plus le genre à prendre un bain de minuit. Un suicide ? Pas après ce qu'il leur avait confié la veille.

Georgette avait l'impression de se trouver devant l'échiquier usagé de René, celui qui trônait sur leur table de salon et dont certaines cases étaient annotées à la main : « case de fuite », « case perdue », « case de salut », « case désespérée ». Elle avait toutes les pièces, mais ne savait dans quel sens les faire avancer. Magritte disait souvent : « Un problème d'échecs très difficile n'est beau que pendant sa qualité de problème. Une fois résolu, on est Gros-Jean comme devant. »

Et elle savoura le bonheur d'être à la mer, avec des questions plein la tête et du sable sous les pieds.

56.

Jefke rappela le lendemain pour donner le renseignement demandé : Léa Tytgat et son époux étaient mariés sous le régime de la séparation des biens. Conclusion, monsieur le docteur n'avait pas intérêt à quitter madame, au risque de tout perdre et de devoir se trouver un cabinet ailleurs, ce qui impliquait de reconstituer une nouvelle clientèle.

— Donc, résuma Georgette au petit déjeuner en mordant dans sa tartine de confiture, l'épouse du médecin n'avait aucune raison de tuer Roger Doorman, ni Daisy, à supposer qu'elle soit morte. Nestor est probablement un maître chanteur, mais qu'est-ce qui l'aurait poussé à liquider Doorman et sa femme ? Pour l'instant, je ne vois pas.

— Leur café est moins bon que le tien mon p'tit bibi.

— Merci René ! Tu m'écoutes là ?

— Oui, oui… Je réfléchis. Nous devrions aller questionner Nestor. Nous nous pointerons chez lui vers 18 h 30, heure à laquelle il sera rentré puisqu'il termine sa journée de travail à 18 heures.

— On ne débarque pas comme ça chez les gens ! s'offusqua Georgette. Ça ne se fait pas.

— Et se planquer pour prendre des photos en cachette, ça se fait ? Si tu ne veux pas me suivre, j'irai tout seul.

— Bon, d'accord, soupira Georgette dont la curiosité l'emportait sur les principes. Et tu vas lui dire quoi ?

— Rien. On va sonner et quand il nous ouvrira, je lui montrerai les photos que tu as recollées. Il comprendra. Après, il se mettra à table, crois-moi.

Là-dessus il acheva sa gosette aux pommes et annonça à sa dulcinée qu'il comptait bien se la couler douce en attendant leur visite chez Nestor. Il avait envie de relire *Les Chants de Maldoror* du comte de Lautréamont.

— En voilà une drôle d'idée, lui fit remarquer Georgette. On est en vacances. Tu ne préférerais pas quelque chose de plus léger, genre *Arsène Lupin* ?

— Justement, il est incongru de lire Lautréamont sur une plage au soleil, avec des touristes frivoles, mon p'tit bibi. C'est précisément ce qui m'attire dans cet acte peu conventionnel, je l'avoue.

Après un copieux petit déjeuner, les Magritte allèrent donc s'allonger dans leur transat pendant que Loulou gambadait autour d'eux. Georgette lui avait acheté une balle au bazar Sainte-Rita quand ils étaient allés au Coq-sur-Mer l'an passé.

Plongé dans sa lecture, René ne put s'empêcher de lire un passage à voix haute, pour le plaisir de partager ce moment avec son épouse, moins passionnée de lecture que lui.

— Écoute ça mon p'tit bibi… « J'établirai dans quelques lignes comment Maldoror fut bon pendant ses premières années, où il vécut heureux ; c'est fait. Il s'aperçut ensuite qu'il était né méchant : fatalité extraordinaire ! Il cacha son caractère tant qu'il put, pendant un grand nombre d'années ; mais à la fin, à cause de cette concentration qui ne lui était pas naturelle, chaque jour, le sang lui montait à la tête ; jusqu'à ce que, ne pouvant plus supporter une pareille vie, il se jeta résolument dans la carrière du mal… atmosphère douce ! » Lautréamont écrivait aussi sous le pseudo de « Divin Ducasse », expliqua René, et je bois du petit-lait lorsqu'il parle d'un jeune homme « beau comme la rencontre fortuite sur la table de dissection d'une machine à coudre et d'un parapluie ». Quelle originalité, quelle liberté ! Ce garçon est mort trop jeune, à vingt-quatre ans.

— C'est triste… Dis René, tu penses que les criminels naissent avec le mal en eux ou qu'ils deviennent diaboliques à cause de ce qu'on peut leur infliger depuis l'enfance ?

— Je l'ignore, mon p'tit poulet. Jean-Jacques Rousseau te dirait que « l'homme naît bon et que c'est la société qui le corrompt ». Et Sartre assure que « l'enfer, c'est les autres ». Je crois que les accidents de la vie peuvent également nous mener à commettre des actes que nous ne pouvions imaginer.

— Comme celui ou celle qui a tué Roger Doorman et peut-être sa femme ?

— Oui…

René se replongea dans sa lecture tandis que Georgette décida d'aller lancer la baballe à Loulou. Un peu d'insouciance…

L'après-midi fut douce, le soleil léger, les nuages espiègles et les regards amoureux de René pour sa petite femme rendirent ces moments délicieux.

À 18 heures, les Magritte allèrent se rafraîchir dans leur chambre et une demi-heure plus tard, ils sonnaient chez Nestor.

57.

Surprise ! Nestor tira une drôle de tête en voyant les Magritte sur le pas de sa porte. Mais c'était un larbin bien éduqué…

— Bonsoir ! bafouilla-t-il.

— Bien le bonsoir, mon cher, répliqua René avec une pointe d'ironie.

— Nous pouvons entrer ? demanda Georgette.

— Eh bien, c'est que… Je suis occupé et…

— Nous n'en avons pas pour longtemps, ajouta-t-elle en exhibant l'enveloppe qu'elle avait sortie de sa sacoche.

Le majordome changea de couleur. Il sut tout de suite qu'il était inutile de feindre ou de nier et les fit entrer à contrecœur.

L'intérieur était d'un autre siècle, avec un papier peint aux fleurs brunes défraîchies, canapé élimé, plein de portraits dans des médaillons sur les murs – très certainement des photos de famille – et des tapisseries de fleurs et d'oiseaux, nés de mains qui s'ennuient. *Laborieux et démodé*, pensa Magritte.

— C'est vous qui faites ces tapisseries ? s'amusa René.

— Non, c'est ma mère. C'est sa maison. Elle est dans un home, Les Joyeux Pinsons, près de Liège. Bon… Où avez-vous trouvé ces photos ?

Georgette voulut ouvrir l'enveloppe, mais c'était inutile. Il savait ce qu'elle contenait.

— Dans la poubelle de Roger Doorman. Elles étaient en miettes, ma femme a dû les recoller, précisa René.

— Nous savons également que votre patronne possède les mêmes, j'ai vu l'enveloppe en allant aux toilettes chez elle.

Nestor soupira et s'assit. C'était pas la peine de tricher ou de mentir.

— Comment savez-vous que c'est moi qui les ai prises ?

— Peu importe, puisque vous venez de nous le confirmer à l'instant, fit René. La question est : dans quel but ? Chantage ?

— Vous êtes de la police ? railla le majordome qui commençait à s'énerver.

— Nous l'aidons. Les policiers ont beaucoup à faire et un petit coup de main de la part de détectives, même amateurs, n'est pas superflu. Alors ?

— C'est Daisy Fox qui m'a payé pour prendre des clichés d'elle et de son amant, en cachette. Ensuite, je devais me débrouiller pour les glisser dans la boîte aux lettres de médème Tytgat et de môssieur Doorman. Je connaissais le numéro de sa chambre par Élise.

— Donc, elle est dans le coup elle aussi…, conclut Georgette.

— Pas du tout ! Je ne lui ai rien dit. J'ai juste demandé habilement où logeait Roger Doorman. Élise est bavarde et naïve.

— On avait remarqué, fit René. Mais ce que je ne comprends pas, c'est comment Daisy Fox a eu l'idée de faire appel à vous. C'est étrange d'avoir recours à un valet de pied pour ce genre de tâche, non ?

— Je suis majordome, s'offusqua Nestor. J'ai mis une petite annonce dans la gazette locale. Mon hobby a toujours été la photo. J'ai d'ailleurs installé un labo dans la cave afin de les développer moi-même. Et pendant mes heures libres, je fais des photos de mariages, d'anniversaires, et même d'enterrements !

— Quel était le but de cette manœuvre ? demanda Magritte. Pourquoi Daisy voulait-elle que son mari et la femme de son amant sachent qu'ils étaient cocus ? Voilà pour le moins une curieuse idée.

Nestor leur expliqua que Daisy Fox était tombée amoureuse du Dr Tytgat, au point de vouloir divorcer. Elle en attendait bien sûr autant de lui, mais il ne semblait pas prêt à aller aussi loin ! Pas question de quitter sa femme qui, selon ses dires, n'accepterait jamais le divorce, contraire à ses principes et à son souci des apparences. En plus avec trois enfants… Vous imaginez ! Alors Daisy a eu l'idée de donner un coup de pouce au destin. Connaissant la jalousie féroce de son mari et la peur du scandale de médème Tytgat, elle a fait croire que ces photos avaient été prises par un maître chanteur qui menaçait de tout dévoiler à la presse locale. Daisy était persuadée que cela mettrait de l'huile sur le feu de part et d'autre. Sauf que depuis, plus de nouvelles !

— Mme Tytgat vous soupçonne-t-elle d'être le paparazzi ? demanda Magritte.

— Grands dieux non ! s'époumona le majordome. Je perdrais mon emploi. J'espère que vous n'allez pas le lui dire…

— Rassurez-vous, ce n'est pas notre intention, lui certifia Georgette. Nous, tout ce que nous souhaitons, c'est retrouver Daisy Fox. Vivante de préférence ! Et aussi savoir qui a tué son mari…

— Il ne s'est pas noyé ? s'étonna Nestor.

Il avait l'air sincère.

Et il ajouta :

— Moi aussi j'aimerais bien retrouver Daisy. Elle ne m'a pas payé les photos.

58.

Les Magritte avaient soulevé une partie du voile. Nestor n'était pas l'assassin. Mais qui, alors ?

L'hypothèse que ce soit le Dr Tytgat paraissait de plus en plus vraisemblable. Toujours chercher qui a le plus intérêt à tuer dans une enquête. Selon le majordome, le médecin n'avait nullement l'intention de quitter sa femme. Les sentiments qu'il éprouvait pour Daisy n'étaient pas suffisamment forts pour qu'il renonce à ses petits privilèges. Mais en éprouvait-il, ce bellâtre bronzé qui devait parader sur les courts de tennis pour séduire ? De son côté Daisy semblait déterminée et prête à tout pour l'avoir… Même à mourir ?

René se demandait ce qu'elle lui trouvait, à ce calamar frit avec ses dents dignes d'une pub pour Colgate. Son ami Colinet lui aurait dit : « Faut pas chercher à comprendre. »

— Tu as vu tous les *tchinisses* que Nestor a dans sa maison, fit remarquer Georgette. On dirait un peu le capharnaüm qu'il y a dans la mansarde chez nous autres.

— Oui, c'est plein de bazars. Il n'a dû toucher à rien et vivre dans le décor de sa mère.

— Tu crois qu'il ment, René ?

— Non. C'est un brave homme soumis qui fait où on lui dit de faire. Pas du genre à prendre des initiatives.

— On devrait peut-être retourner chez le docteur, suggéra Georgette malgré ses réticences pour les diagnostics de ce « charlatan » comme elle l'appelait. Tu n'as pas mal quelque part ?

— Non, je suis en pleine forme ! Mais ça peut s'arranger. Je pourrais par exemple devenir allergique aux poils de chien.

— Tu entends ça mon p'tit Loulou ? s'offusqua Georgette. C'est plus fort que du roquefort !

Comme si elle comprenait, la chienne aboya.

— Ah, tu vois ? fit-elle en toisant son mari. Elle n'est pas d'accord. Trouve autre chose. Entre tes problèmes de dents, de gorge et de bronchite, tu as le choix.

— Je vais y réfléchir... Demain, on est samedi et nos amis débarquent pour le week-end. On ira lundi.

Ils passèrent le reste de la journée à préparer les déguisements et à trier les objets familiers que Magritte avait emportés dans sa valise pour son film *L'Affaire Colinet*. Machinalement, il fourra sa main dans la poche de son veston et en sortit la clef qu'il aimait imaginer avoir été déposée sur le môle par cette mystérieuse femme qui le suivait partout. Il la glissa parmi les objets qui figureraient dans son film.

Les clefs avaient toujours été présentes tant dans les peintures que dans les photos de Magritte. Ainsi, dans certains de ses tableaux, s'était-il inspiré de *Monsieur Fantômas*, réalisé par Ernst Moerman, dans lequel le rôle principal était tenu par un certain Jean-Michel Smet[1]. On y voyait Fantômas partir à la recherche de la femme qu'il aime et qu'il retrouve flottant sur l'eau, telle Ophélie. Petit clin d'œil aussi à cette scène mythique du *Cuirassé Potemkine* où un landau noir dévale les marches – ici la pente des dunes – et va se perdre dans la mer. Puis des

1. *Monsieur Fantômas* (1937) est un court-métrage complètement surréaliste que l'on peut voir sur YouTube. Jean-Michel Smet – Léon de son vrai nom –, était le père de Johnny Hallyday !

images étonnantes, comme Fantômas en maillot de bain noir tenant par la main une religieuse masquée, un commissaire de police prenant son bain dans une baignoire sur la plage, une secrétaire tapant à la machine au milieu des vagues, et au loin ce vaisseau qui ressemble à celui réalisé par Magritte, *Le Séducteur*. Sur un chevalet, une peinture de lui, *Le Viol*. Des policiers en chapeau boule trouvent une clef géante dans le sable et s'en servent de bouclier pour défoncer une porte sans murs autour qui cache l'énigme.

Fantômas poursuivait-il un fantôme ? Un peu à l'instar de Magritte et Georgette avec cette enquête qui leur donnait l'impression de poursuivre une ombre…

Prendre des photos et faire du cinéma amusait bien plus Magritte que réaliser ses tableaux. Il trouvait que « peindre est emmerdant ». Quand il était chez lui à Bruxelles, ses amis écrivains, poètes, artistes et gouailleurs venaient tous les dimanches, et ils avaient bien du plaisir à se faire photographier. Pour Magritte, c'était une sorte de jeu qui le rendait agité, acerbe et très heureux. On pouvait découvrir sur ses photos des tas de références qui se retrouvaient dans ses peintures. Il n'aimait pas poser mais adorait faire le clown ! Des souvenirs de la mer, il en avait plein : lui en cuistax, en kayak ou à bicyclette à Ostende, pipe au bec, avec Loulou bien sûr. Paul Nougé et Scutenaire, dos à la mer, en veston, pieds nus et pantalons retroussés, cachant leur visage avec leurs chaussures. Ce cliché fut baptisé *Les Plantigrades*. Ou encore ce portrait de lui, surnommé *Le Géant*, où on le voyait vêtu d'un imperméable, là aussi dos à la mer, tenant une pipe et dissimulant son visage derrière un échiquier. En photo comme en peinture, Magritte posait la question de la représentation de l'identité par le visage. Ses images reflétaient sa personnalité anticonformiste. Il pouvait se lâcher et donner libre cours à son penchant pour la désobéissance. Sa seule règle : il bannissait le pittoresque et l'habileté. Sur certains clichés il dévisageait son ombre, qu'il nommait l'« apparence visuelle ». C'était sa façon d'affronter le visible et de suggérer la présence de ce qui paraît invisible et qui n'était pour lui que du « visible caché ». Cela et son obsession pour le « double visage » pouvaient en quelque sorte résumer sa vision de l'être humain, capable, comme dans *Les Chants de Maldoror*, des pires atrocités.

Ses amis écrivains et poètes, Paul Colinet, Louis Scutenaire et sa femme Irène Hamoir, ainsi que Paul Nougé, étaient venus en auto. Ils avaient trouvé à loger dans un petit hôtel à Ostende, puisque c'est là que Magritte avait l'intention de tourner *L'Affaire Colinet*.

René et Georgette prirent le tram pour retrouver la joyeuse bande dans un petit bistrot en face du *Mercator*, ce fameux navire à trois mâts qui après de nombreux voyages venait d'être récemment aménagé en navire musée. C'était toujours un bonheur pour les Magritte de revoir leurs amis. Une belle bande de chenapans, toujours prêts à faire des blagues et de savoureuses déconnades.

Les retrouvailles furent joyeuses ! On parla, on mangea, on s'amusa… Magritte jubilait derrière sa caméra. On aurait dit un gamin dans une cour de récré !

René et Georgette eurent raison de profiter de cette belle escapade ostendaise car le retour à Knokke leur réservait une très mauvaise surprise…

59.

Le Dr Tytgat avait eu une journée bien remplie avec tous ces touristes qui attrapaient des allergies ou se blessaient parce qu'ils se relâchaient pendant les vacances, à croire que l'insouciance rime avec l'imprudence. D'habitude, il repassait au casino boire une coupe de champagne pour se détendre. Mais là, il était crevé ! Il maudissait la saison estivale et était bien plus peinard sans ces « joueurs de golf miniature », comme il les appelait avec dédain. Il n'était pas devenu médecin par vocation, mais parce que ce métier conférait une certaine aura ; et il faut bien dire qu'il était ce qu'on appelle une « tête ». Il avait choisi ce métier plus pour l'image que représentait la profession médicale que pour sauver le monde. De toute façon, trop d'empathie empêche d'être efficace. Il était persuadé qu'un certain détachement était nécessaire pour faire convenablement ce boulot. Il en avait été convaincu lorsqu'un de ses camarades chirurgiens avait tout largué le jour où il n'avait pas réussi à sauver une gamine qui avait été renversée par une voiture en traversant la rue. Il était parti à Katmandou ! Un gars qui avait sauvé des centaines de vies et aurait pu encore… Quel gâchis ! L'expérience lui avait appris que la compassion est constructive, en revanche l'empathie peut mener à une forme de burn-out.

Tytgat venait d'un milieu bourgeois pas fortuné. Sa mère se la jouait grands airs et falbalas et son père fumait le cigare, ça pose son homme – mais ça empeste !

Gamin, Tytgat se prenait déjà pour le petit chef de la classe. Ado, c'était un tombeur. Il avait toujours aimé draguer les filles, ça l'amusait beaucoup. Mais une fois séduites, elles ne l'intéressaient plus. Et l'amour dans tout ça ? Bof, peau de banane et coquilles de noix. Il s'en tamponnait comme de son premier bistouri. Sa blouse blanche était une sorte de passeport pour les étoiles. Toutes les filles étaient à ses pieds, alors pourquoi en choisir une seule ?

Il avait tout de même fini par se marier avec l'héritière d'un riche diamantaire, détail qui avait pesé dans la balance. Il aurait bien voulu un contrat de mariage fondé sur la communauté de biens, on s'adore, on partage tout, de toute façon nous deux c'est pour la vie et tralala… Mais le père, encore vivant à l'époque, avait veillé au grain et sermonné sa fifille qui, seule, aurait été prête à donner la lune à son chéri. Merci papa…

Parce que quelques mois plus tard, le chéri basculait sa secrétaire sur sa table d'auscultation, ce qui lui valut un petit café tous les jours, avec un spéculoos. Puis ce fut le tour des patientes, ce qui eut l'heur de fidéliser sa clientèle féminine soudainement atteinte de plein de petites misères. « On va voir monsieur le docteur, c'est plus prudent. »

Au début de leur mariage, il rentrait pour le souper. Peu à peu, entre ses rendez-vous galants et ses moments de détente au casino, il avait pris l'habitude de téléphoner à son épouse pour l'avertir qu'il était submergé de boulot et qu'il ne pouvait décemment laisser souffrir ses patients. Léa n'avait jamais été contrariante, elle comprenait, disait-elle.

Ils avaient surtout tous deux vite admis qu'ils s'ennuyaient ensemble comme des rats morts. Mais chez ces gens-là, monsieur, on ne divorce pas. Et surtout, le gentil docteur n'avait pas intérêt à rompre officiellement les liens sacrés du mariage, sinon il pouvait dire adieu à sa caverne d'Ali Baba. Avec trois mouflets, médème n'envisageait pas non plus le divorce, et que dirait le gratin de Knokke-le-Zoute si… Pas de scandale, on fait semblant et tout va pour le mieux dans le meilleur des mondes. Médème batifolait de son côté et monsieur de même. Du moment qu'on restait discrets…

Sauf que voilà, il avait fallu qu'il tombe sur cette enragée de Daisy qui s'était follement entichée du beau médecin. Au début, lui ça l'amusait. Puis quand il lui avait fait comprendre que c'était fini, « me suis bien mouché et maintenant j'te jette », elle n'avait pas renoncé et s'était accrochée pire qu'une sangsue. Voyant qu'il ne céderait pas et n'était pas prêt à quitter sa légitime, elle était devenue menaçante.

Il n'aimait pas ça. Pas du tout ! Encore moins ce qu'elle lui avait dit…

Il grimpa dans sa voiture garée à l'arrière de son immeuble, à l'abri des regards, et mit le contact. Ensuite, il se dirigea vers la route qui longeait la côte. À cette heure tardive, il n'y avait pas grand monde et son grand plaisir chaque fois qu'il rentrait chez lui était de pousser les gaz à fond. Besoin de sa dose d'adrénaline ! Rien à l'horizon, il fonça ! Il était le roi du bitume, le don Quichotte de la *strada*.

Quand il vit surgir un camion venant de nulle part, il freina. Appuya sur la pédale de frein, encore et encore… Rien !

Le choc fut violent.

Complètement paniqué, le conducteur du camion sortit de son habitacle et alla constater les dégâts. La voiture qui l'avait percuté de plein fouet était en accordéon. À l'intérieur gisait un homme, affalé sur son volant qui lui était rentré dans le thorax.

Du sang coulait sur ses joues, formant des pétales de coquelicot.

60.

Le lendemain matin, au petit déjeuner, à la terrasse de l'hôtel de la Plage, tout le monde ne parlait que de la mort du Dr Tytgat. Selon les infos, il s'agissait très certainement d'un accident. Et vu les chiffres au compteur, il était plus que probable que le conducteur avait freiné trop tard. Mais...

Magritte eut d'autres renseignements grâce à son ami Jefke qui lui sonna.

— *Awell*, René, il s'en passe des choses quand tu es en vacances, *menneke* ! À croire que tu les provoques pour écrire ton roman policier, plaisanta-t-il. Blague à part, c'est bien triste. On a tellement besoin de médecins ! Tu le connaissais ?

— Je suis allé une fois à son cabinet.

— Tu as toujours tes problèmes de gorge ?

— L'air de la mer me fait du bien, avoua Magritte. Je tousse moins. Tu as des renseignements sur ce docteur ? Qu'est-il arrivé ? Il roulait trop vite, c'est bien ça ?

— Oui, selon le commissaire de Knokke il aimait la vitesse et roulait *volle petrole*. Mais ils vont quand même mener une enquête.

— Ah ! Feraient-ils de l'excès de zèle ? ironisa René.

— Le problème est qu'il n'y a aucune trace de freins sur le bitume...

— Bizarre !

— Du coup, ils vont faire analyser l'automobile. Je te tiens au courant. Sauf si c'est un accident, ce qui n'aurait pas d'intérêt pour ton roman policier. Allez, *salut en de kost*[1] !

Dès qu'il eut raccroché, Magritte s'empressa d'aller raconter à Georgette qu'il pourrait s'agir d'un meurtre.

— Alors, s'exclama-t-elle, surprise, si c'est une défaillance mécanique, bon… Mais si ses freins ont été sabotés ? Cela éliminerait notre hypothèse selon laquelle il aurait tué Roger Doorman et peut-être Daisy…

— Oui… Ou alors, c'est quelqu'un qui sait et qui l'a tué pour se venger. Quelqu'un qui aimait Daisy Fox.

— À part son mari et le Dr Tytgat, je ne vois pas, fit Georgette. Et si c'était Daisy qui avait trafiqué ses freins ?

— Tu vois une femme faire ça ? se moqua René.

— Bien sûr ! Aujourd'hui, il y en a plein qui s'y connaissent en mécanique ! Tu crois quoi ? Qu'on est toutes au coin du feu en train de ravauder des chaussettes ?

— Bon, admit René, à supposer que Daisy ait trafiqué les freins de l'auto de son amant, pourquoi aurait-elle agi de la sorte vu qu'elle était amoureuse de lui et voulait ardemment qu'il quitte sa femme ?

— Pour se venger, parce qu'il l'a envoyée sur les roses.

— D'accord mon p'tit poulet… Et pourquoi aurait-elle tué son mari ?

— On peut comprendre, vu le caractère possessif et violent de ce garçon, qu'elle ait voulu s'en débarrasser, surtout s'il refusait le divorce. Moi je pense que dans un premier temps, elle espérait que son mari accepte leur séparation. Il refuse. Elle le tue. La voilà libre de vivre son idylle avec le médecin. Il n'a plus qu'à divorcer de

1. L'expression bruxelloise en entier est *Salut en de kost en de wind vanachter*. *De kost* désigne les denrées nécessaires à la survie, et *de wind vanachter*, « du vent par-derrière » (signe de bonne digestion) ; *prout* ma chère !

son côté, et à nous les pâquerettes et le tango argentin ! Sauf que cela ne s'est pas passé comme prévu. Le prince charmant au stéthoscope n'a pas voulu quitter sa reine ni son palais. Imagine ce qui a pu mijoter dans la tête de Daisy ! Elle aurait fait tout ça pour rien ? Elle a tué par amour et le Dr Mabuse la plante là comme une vieille *slache* !

Magritte se demandait si Daisy avait pu avoir la force de noyer son mari. D'après ses renseignements, elle était plutôt pulpeuse et costaude. Doorman, du genre freluquet, coq de basse-cour, n'était pas forcément de taille à lutter. Alors, pourquoi avait-elle peur de lui ? Il y a des gens doués pour dominer les autres et les terroriser. *C'est le principe des sectes*, se dit René. *Rien à voir avec la force physique.* Daisy était peut-être fragile mentalement. Ces gens-là, on les manipule facilement, jusqu'au jour où... ils pètent un boulon !

— Souviens-toi, René, que le majordome a avoué avoir pris ces photos à la demande de Daisy. On s'est peut-être trompés sur le fait qu'elle soit morte. Elle a simplement disparu pour commettre ses crimes sans qu'on la soupçonne.

— C'est bien possible mon p'tit bibi, je sens que cette intrigue va bientôt être résolue.

— Et si Daisy Fox était retournée se cacher dans la villa abandonnée de son amie Rosa Velours ?

— On va retourner y jeter un coup d'œil, promit René.

La mer était belle, d'un gris d'orage, on l'entendait gronder sa colère contre les hommes qui la pillent sans vergogne. Sur la plage des taches de couleur, fleurs de papier parsemées pour rappeler que le monde est pourri mais joyeux.

Magritte regardait le brise-lames et pensait à celui de Zeebrugge où il avait vu cette femme fantôme. La croiserait-il encore ou était-elle l'effet de son imagination ? Et cette clef...

61.

L'analyse de la voiture du Dr Tytgat ne prit pas beaucoup de temps. Magritte fut informé par Jefke qu'il s'agissait bien d'un meurtre : les freins avaient été sabotés !

René et Georgette croisèrent Nestor, venu voir son amie la femme de chambre.

— Mon Dieu, regarde, René ! Le majordome a fait son chic !

Il était effectivement endimanché.

Il salua les Magritte et se crut obligé de leur fournir une explication : médème lui avait donné congé pour qu'il se remette du choc. Il prit un air affecté, mais René n'était pas dupe ! Nestor n'en avait rien à cirer de la mort du toubib, ça se voyait comme une méduse au milieu du visage.

— Et médème doit être dans tous ses états ! ironisa-t-il.

— Oh ! Vous n'imaginez pas ! C'est terrible, perdre ainsi son mari. Quelle mort violente ! Et si jeune encore…

— Je n'en doute pas, mais rassurez-vous, d'après ce que je sais, elle se consolera très vite. Dites-moi mon brave ami, aviez-vous vu le Dr Tytgat la veille de son accident ?

— Oui, il se fait que je suis allé le consulter après ma journée de travail pour un petit problème gastrique.

Comme disait ma mère : il ne faut pas laisser traîner les p'tites misères pour pas que ça dégénère.

— C'est bien, approuva René, il faut toujours écouter sa maman.

S'il avait écouté la sienne, il se serait jeté dans le canal...

— Et le docteur vous a-t-il semblé normal ? Je veux dire pas particulièrement soucieux ?

— Euh... Non. Enfin moins qu'il y a quinze jours.

— Ah bon ? Et il s'est passé quoi il y a quinze jours ?

— Eh bien, continua Nestor sur le ton de la confidence, vous savez... Daisy Fox voulait qu'il quitte sa femme. On voyait qu'il était perturbé.

— Et vous n'avez toujours pas de nouvelles d'elle ?

— Non. Ce qui n'est vraiment pas correct de sa part ! Je vous ai dit qu'elle ne m'avait pas payé les photos qu'elle m'avait commandées. Je n'aurais jamais cru ça d'une femme aussi...

— Aussi ?

— Bien élevée.

— Ce qui, ajouta René, ne l'a pas empêchée de cocufier son mari. Cela dit sans aucun jugement de ma part. Ce n'est qu'une des constatations des facettes multiples des êtres humains. Janus...

— Qui ça ?

— ... Janus était un dieu à deux têtes. Gardien des portes du ciel, il était aussi le dieu de la Transition. Je pense que nous sommes doubles, faits d'ombres et de lumière.

— Ah oui ! Ma mère disait toujours de ne pas se fier aux apparences.

— Si vous prenez Fantômas, par exemple...

— Qui ?

— Ah, vous ne connaissez pas ?

— Non, que fait-il ?

— Il fait peur, expliqua Magritte. Et cela est suffisant pour le rendre intéressant.

— Je n'aime pas les gens qui font peur, lui confia le majordome. Je suis quelqu'un de simple.

Qui prend des photos en cachette, pensa René. Un homme prudent qui de temps en temps met le pied dans une crotte de chien pour se sentir exister. La désobéissance est une forme de liberté. Elle commence par marcher sans lacer ses souliers…

Magritte avait acquis la certitude qu'il lui faudrait vivre avec le danger pour que le monde, la vie répondent davantage à la pensée, aux sentiments. Ce danger-là, c'était celui qu'il prenait en faisant ses tableaux, depuis le jour où il avait eu ce fameux déclic face aux œuvres de De Chirico, le peintre qu'il estimait le plus avec Max Ernst. Pour René Magritte, la peinture était un instrument de connaissance et de libération, mais aussi de la poésie visible. Au fond, sa petite vie bourgeoise n'était pas si éloignée de celle de ce majordome. C'est ce qui lui permettait de s'envoler en montgolfière dans ses folles images. Une fois encore, un souvenir d'enfance.

Magritte salua Nestor et alla téléphoner à la Castafiore pour voir si, par hasard, elle n'avait pas de nouvelles de sa petite-fille. Non, Daisy ne l'avait pas appelée et la vieille lady semblait très inquiète.

— *What happened?* Je pense que quelque chose est arrivé…

René tenta de la rassurer. Inutile de la faire paniquer avec la mort du médecin. D'ailleurs aurait-elle fait le lien avec Daisy ? Tout ce que cette dernière avait révélé à sa grand-mère, c'est qu'elle avait quelque chose à lui annoncer.

René fit part à Georgette des quelques infos qu'il venait de glaner. Elle était de plus en plus persuadée que Daisy se planquait. Mais où ?

Les Magritte décidèrent de retourner à la villa de Rosa Velours. Les monstres aux yeux d'enfants tristes se cachent souvent dans des bouquets de fleurs fanées.

62.

La mer c'est toujours magique. Ce sont les vagues violettes et leurs éclats d'émeraude qui déposent sur le sable nos souvenirs d'enfance. Des couleurs, des odeurs, le sel marin, le parfum sucré des beignets et celui des ballons en caoutchouc. Les halls des hôtels encombrés de malles. Les cris des enfants qui ont peur de l'eau et de ceux qui s'y éclatent en s'éclaboussant. Ou encore ces pêcheurs de crevettes avec leur filet… Les femmes en maillot, le regard attentif des mères, les gosses qui creusent leurs rêves et en font des châteaux de sable. Est-ce si différent lorsqu'on devient adulte ? Magritte se disait que les emmerdants, les gens creux, sont ceux qui ont oublié que tout ce que l'on construit n'a pas plus d'importance que les châteaux de sable de notre enfance. Tout est éphémère. Seul compte le plaisir de l'instant. Il n'en avait que faire de la postérité. À peine ses toiles terminées, il fallait qu'elles disparaissent, se vendent ou soient brûlées. Parfois, il s'en chargeait lui-même dans son poêle à charbon, un vieux crocodile vert dans lequel il se débarrassait de ses factures et avis de contribution… Voilà à quoi pensait René en regardant la mer, assis dans le tram qui longeait la côte et l'emmenait à Ostende avec Georgette, Jackie sur ses genoux.

Leur intention était de se balader dans la ville de Permeke, ce peintre et sculpteur expressionniste flamand, aux personnages massifs, un peu à son image. Et bien entendu, d'aller manger des huîtres avec un bon verre de vin blanc ou des coquilles Saint-Jacques... Dès la tombée de la nuit, ils avaient prévu de s'introduire à nouveau dans la villa abandonnée de Rosa Velours, en espérant y trouver des traces de Daisy Fox.

Depuis la mort suspecte du Dr Tytgat, titrée dans les journaux « Accident ou suicide ? », Georgette était de plus en plus persuadée que Daisy n'était pas étrangère à ces crimes. Qui d'autre qu'elle avait intérêt à éliminer d'abord le mari violent et ensuite l'amant accroché à sa légitime ou plutôt à son magot, pire qu'avec des pinces de crabe ? La désillusion avait dû être terrible pour la jeune femme amoureuse. Et l'on sait que l'amour peut rendre criminel.

— Alors pourquoi aurait-elle écrit cette lettre de rupture à son mari sous la contrainte ? questionna Magritte, se rappelant l'allusion à leur chien alors qu'ils n'en avaient pas. Ce détail n'avait d'autre but que d'alerter le mari d'un danger. C'était un appel au secours.

— Peut-être, expliqua Georgette, qu'elle a tout calculé pour faire croire à un enlèvement et commettre ses crimes en toute impunité.

Cette hypothèse était plausible. René trouva que décidément les femmes sont bien tordues pour la plupart. Les hommes sont plus souvent brutes de pomme pom, pom, pom !

— Mon p'tit bibi, tu sais ce qui me manque ? fit René en voyant courir les chevaux sur la plage. Regarder *Bonanza* à la télévision.

Les Magritte avaient l'habitude de manger devant la télé et de suivre les aventures de cette famille américaine composée d'un père veuf et de ses trois fils gérant un ranch. Bien sûr les chevaux y tenaient un rôle prépondérant. Et après, petite sieste sur le sofa en costume-cravate, pendant que Georgette vaquait à ses occupations dans la cuisine. Pour elle, pas de revendications féministes, elle savait que son homme trouvait aussi son inspiration dans ce demi-sommeil.

Elle était fière, la petite femme au bibi, de se promener au bras de son mari. Un couple simple, parce que l'amour suffisait à leur bonheur. Et pour pimenter le tout, ce goût pour l'intrigue…

On ne pouvait aller à Ostende sans manger des tomates-crevettes avec des frites. Cette ville côtière n'était pas plus belle qu'une autre, mais elle avait dans ses jupons d'écume cette silhouette sombre de Spilliaert longeant les arcades la nuit, à la recherche de quelques reflets de lumière sous la lune rose, ou dans une petite bouteille échouée sur la plage.

Si l'on fermait les yeux face à la mer, on pouvait encore voir et entendre les murmures des squelettes d'Ensor[1] enfermés dans d'invisibles bulles de verre.

La villa de Rosa Velours était toujours aussi sinistre. Les volets battaient telles des paupières de bois sur des yeux crevés. Une lueur bleutée colorait les rideaux de la maison voisine. La vieille dame devait être devant son téléviseur. Georgette l'imaginait bien en train de crocheter ou tricoter, vu les coussins qui garnissaient ses fauteuils.

Ce ne fut pas difficile de pénétrer dans la villa. Les Magritte connaissaient ses failles, ses pourritures, son odeur de linceul qui n'avait pas de poches…

Pour violer cette tanière aux senteurs âcres et poudreuses des parfums oubliés dans des flacons en cristal

---

1. Des photos infrarouges et aux rayons X ont révélé que la tête de mort du *Squelette regardant chinoiserie* – qui marque le début de la période sombre d'Ensor – cache le visage d'un vieil homme. On retrouve des squelettes et des personnages grimaçants et masqués dans toute son œuvre.

de Venise, il fallait abandonner ses certitudes sur le pas de la porte et donner la main au vertige.

L'antre du diable est celui qui poignarde nos livres d'enfant et nous laisse les doigts en sang. Ici aucune lueur lunaire pour faire danser le Pierrot. Les Magritte déambulaient dans ce profond mystère que René appréciait tant.

63.

Tout en avançant dans cette villa lugubre, Magritte ressentait la putréfaction dans sa chair. Cette bâtisse elle-même n'était qu'un immense cadavre de brique. Si Daisy Fox s'y cachait, il comprenait qu'elle soit en proie à des idées meurtrières… Une nuit dans cet antre maléfique et il aurait été capable de tuer son crétin de voisin. Il pardonnait les dérives, pas la bêtise ni la violence ou la méchanceté. Il avait plutôt la dent dure et était assez rancunier. Fallait pas l'emmerder.

Il chercha au rez-de-chaussée des traces de vie mais n'en trouva point. Rien dans l'évier, aucune tasse traînant quelque part… La lueur de sa lampe de poche ne lui révélait que ce qu'il connaissait déjà. Rien n'avait changé depuis leur première visite. *Sur ce coup-là,* pensa-t-il, *on a fait chou blanc.* Soudain, il sursauta et faillit pousser un cri. Quelque chose était venu se jeter sur lui et avait frôlé sa tête, faisant tomber son chapeau. Il entendit un bruit sourd contre la fenêtre et dirigea le faisceau de sa lampe dans cette direction. Un pauvre pigeon venait de s'assommer sur la vitre. Il gisait au sol. René s'en approcha et le prit délicatement dans ses mains. Il respirait encore. Il se mit alors à le caresser doucement… Il avait l'habitude. Il avait eu un colombier. Avant la guerre, pour rien au monde il n'aurait mangé ses oiseaux ! Mais pendant, il fut bien obligé de se nourrir, même si cela lui crevait le cœur. Il tenait à tuer les jeunes pigeons lui-même, pour être sûr que personne ne les ferait souffrir. Il les qualifiait de «petits innocents». Et lorsqu'il les appelait pour leur ôter la vie, il disait : «Petits, petits ! Allons, venez petits… C'est tout de même la bonne solution pour vous.» Il tentait de se persuader qu'il les arrachait aux brutalités de l'existence, même si Georgette essayait de l'en dissuader en argumentant qu'ils avaient une belle vie, puisqu'ils étaient bien soignés.

Ce détail reflétait assez bien la dualité de Magritte face à l'idée de la mort.

Il garda le pigeon entre ses mains, tout chaud, le cœur qui battait trop vite, et continua à le caresser jusqu'à ce qu'il se calme. Quand il le sentit en mesure de s'envoler, René se dirigea vers la porte arrière donnant sur le jardin en friche et la poussa d'un coup d'épaule. Trapu et costaud, il n'eut pas de mal à la faire céder. Le bruit du bois qui craquait fit tressaillir le pigeon, toujours blotti entre ses mains. Et il le lâcha dans le ciel étoilé. Il lui fit penser à son tableau intitulé *La Saveur des larmes* où un pigeon né d'un amas de feuilles observait une chenille grimpant sur son corps. En fond, une tenture rouge et la mer tourmentée. Il était à la fois heureux et triste.

Georgette était allée prospecter à l'étage et il l'entendit descendre les escaliers. Il la trouva toute pâle. Était-ce la lueur lunaire de la lampe de poche qui lui donnait ce teint fantomatique ?

— Ça va mon p'tit poulet ?

— René… Tu te souviens que je t'avais parlé de cette robe de nuit en satin mauve posée sur la chaise dans la chambre à coucher ?

— Oui, je me rappelle. Et ?

— Eh bien, elle n'est plus sur la chaise. Elle est étendue sur le lit, et entourée de pétales comme si c'était un corps mort. Ça ressemble à ce tableau…

— *La Mort d'Ophélie*, de Delacroix ?

— Oui. On dirait une mise en scène macabre. Daisy n'aurait pas fait ce genre de chose. Tu crois qu'elle est morte ?

René pensa au pigeon qui s'était envolé et répondit machinalement que non, elle était vivante. Une petite voix dans son chapeau boule lui murmura : « Mais qu'est-ce que t'en sais, toi qui aimes tant jouer aux cadavres exquis ? »

Et si cette villa prise dans les griffes des ténèbres était le tombeau de Daisy ? Si la jeune femme, après ses crimes, avait choisi de faire cette mise en scène morbide et poétique puis de se suicider ?

Il restait la cave et le grenier…

64.

Rien dans la cave, à part un vieux rat qui squattait les décombres, ni dans le grenier aux toiles d'araignées éclairées par la lune blême.

Bredouilles ! Une fois de plus Magritte, qui ne croyait pas aux prémonitions, fut conforté dans l'idée qu'il ne faut pas faire de supposition et qu'on doit se limiter aux indices et aux faits.

Georgette ça la démangeait de sonner à Rosa Velours. Mais elle tournait autour du pot. Exactement comme quand René devait aller voir quelqu'un pour lui demander quelque chose : il reculait au maximum ses visites. N'aimait pas ça !

Elle tourna et retourna dans sa tête ce qu'elle allait bien pouvoir lui dire. « On est entrés chez vous par effraction… » Tu vois le genre ! expliqua-t-elle à René.

— Pourquoi veux-tu lui téléphoner ?

— Je ne sais pas… Une intuition.

— Ah bon, dans ce cas c'est imparable ! se moqua Magritte.

Ce genre de réflexion insupportait Georgette et ce fut le déclic pour qu'elle fonce sur le téléphone une fois rentrée à l'hôtel. Peu importait l'heure tardive, il fallait qu'elle sache. Un détail la chiffonnait…

Elle prétexta l'appeler pour avoir des nouvelles de Daisy, car sa grand-mère n'en avait toujours pas et elle cherchait à la joindre pour l'avertir d'un drame qui venait de se passer à Knokke. Au début, elle se garda bien de faire allusion à une quelconque relation entre Daisy et le médecin. Mais « vu qu'ils se connaissaient… ».

Rosa Velours parut chamboulée d'apprendre que le Dr Tytgat était mort. Elle avait eu recours à ses conseils lors de soucis de santé et le trouvait « bel homme ». L'avait-il aussi séduite ? se demanda Georgette.

Quant à Daisy, elle n'avait aucune nouvelle non plus. Au début, elle ne semblait pas s'en inquiéter, mais à présent Georgette percevait un peu de trouble dans sa voix.

Le p'tit bibi de René choisit alors de poser à Rosa la question qui la chiffonnait, et elle opta pour un pieux mensonge :

— Nous sommes allés nous promener à Ostende et sommes passés devant votre villa. Là, Loulou s'est échappée dans votre jardin et cette canaille est parvenue à entrer par le soupirail. Nous étions très embêtés et l'avons appelée, mais elle faisait la sourde oreille. Alors comme je suis encore souple, heureusement, je me suis introduite chez vous. J'ai pris le même chemin que ma petite chienne et l'ai poursuivie jusque dans votre chambre. Elle adore aller se vautrer sur les lits ! J'espère qu'elle n'a pas perdu ses poils sur votre belle robe de nuit mauve !

— Quelle robe de nuit mauve ? fit Rosa. Je ne porte jamais cette couleur, je la déteste ! C'est celle des archevêques et de la mort. Elle doit appartenir à Daisy qui l'aura oubliée là, puisqu'elle venait parfois chez moi avec son amant…

— Ah oui… On m'a dit qu'elle était tombée amoureuse du Dr Tytgat. Mais est-ce vrai ? demanda-t-elle avec candeur.

— Je ne sais pas. Moi je vous parle de l'autre. Celui de l'an dernier.

— Ah bon ? Qui était-ce ?

— Je l'ignore, elle n'a jamais voulu me le dire. Daisy est assez secrète. Je sais qu'elle avait des aventures, mais elle ne se confiait pas plus que ça. On aurait dit qu'elle en avait honte. Ou alors que pour elle, ça n'avait pas d'importance… Vous savez, elle était instable. Son père la battait et son mari était violent. Si vous avez de ses nouvelles, merci de m'en avertir, et je ferai pareil de mon côté, promit Rosa Velours avant de raccrocher.

Georgette avait la réponse. Son intuition était juste. Daisy était bien revenue dans la villa. Mais était-elle seule ? Pourquoi cette mise en scène qui la mettait si mal à l'aise ? Et surtout qui était cet autre amant ?

65.

Les Magritte piétinaient dans leur enquête. Ils étaient arrivés à un moment où on sent que la pelote va se dénouer, cependant il restait un nœud : Daisy. Et quand c'est comme ça, il vaut mieux ne pas s'acharner et passer à autre chose. Le lendemain, ils décidèrent donc d'aller en tram au Coq-sur-Mer. René aimait bien cette station balnéaire, avec sa petite gare des trams qui ressemblait à celle des circuits électriques des magasins de jouets – on pouvait lire sur la façade « De Haan aan Zee », le nom flamand du Coq-sur-Mer – et son bazar sur la place affichant Babeluttes Rosalie. René avait les dents fragiles et ne mangeait pas de bonbons, à part des chiques. Les maisons à colombages de style anglo-normand ne manquaient pas de charme. Ici, au Coq, l'architecture était encore préservée et les villas semblaient sortir de cartes postales. Ils louèrent un cuistax et pédalèrent, Georgette cheveux au vent avec Loulou sur ses genoux. René avait quinze ans et Georgette, douze. Ce ne sont pas les souvenirs d'enfance qui plaisaient à René, mais l'état d'insouciance que l'on peut avoir à cet âge. Sauf que ce trésor lui avait été volé le jour où il avait découvert le cadavre de sa mère flottant sur la Sambre. Elle avait le visage recouvert par sa robe de nuit, mais il avait su tout de suite que c'était elle. Il avait passé le reste de sa vie à essayer de se reconstruire un monde d'images, livre dont il déchirait les pages pour n'en garder que les idées et réinventer un terrain de jeu où la mort ne pourrait pas pénétrer.

Ce qui distinguait Magritte des autres maîtres du surréalisme, c'était son originalité. Chez lui aucun code, seulement sa vision insolite et poétique. Une fois qu'on était pris dans ses tableaux, on ne voyait plus jamais le monde de la même façon, assuraient ses admirateurs.

René avait envie d'un hareng avec des pommes de terre en chemise, « des patates à casaque », comme on dit en Wallonie. Les Magritte firent donc une halte dans un de ces petits restos populaires avec nappes à carreaux qui sentaient bon la cuisine de la mer. Ils se laissèrent tenter par un kirsch à l'apéro. Sous la table, Loulou était à l'affût… La poiscaille, elle aimait ça !

Après le repas, ils allèrent ramener le cuistax et Georgette craqua pour un « souvenir de la mer », un coq en plâtre avec « Coq-sur-Mer » marqué dessus ainsi tu n'oublies pas d'où ça vient. Le genre de merdouilles qui côtoyaient les œuvres du peintre sur la cheminée de leur maison. René n'avait pas le culte de celui qui se croit en permanence sur un piédestal. Son intérieur ressemblait à son couple, simple et sans chichis.

Ils prirent le tram à la gare et longèrent la côte.

En contemplant les vagues, de la couleur de ses yeux, René pensa à cette strophe d'un poème d'Émile Verhaeren :

Le vent futile et pur n'est que baisers ;
Et les écumes,
Qui doucement échouent
Contre les proues,
Ne sont que plumes ;
Il fait dimanche sur la mer ![1]

1. « Vers la mer ». Extrait du recueil *Les Visages de la vie.*

À cette heure, l'eau paraissait s'endormir doucement. Elle avait quelque chose de paisible qui augure d'un orage lointain, pareil à un crabe tapi dans le sable et qui n'attend que la pleine lune pour en surgir.

Tandis que Georgette sommeillait, Magritte caressa la clef qu'il avait gardée au fond de sa poche. Il cherchait à se persuader qu'elle avait été déposée sur le môle par cette femme mystérieuse. Pourquoi éprouvait-il un certain plaisir à ces pensées coupables alors qu'elle n'était probablement que le fruit de son imagination ? Si cette créature avait vraiment existé, il ne s'y serait pas intéressé. Lui qui adorait *Alice au Pays des merveilles*, sauf la fin parce que précisément c'est un rêve, voilà qu'il se perdait dans ses contradictions.

Que signifiait cette clef ? Ouvrait-elle les portes du paradis ou… de l'enfer ?

66.

Assise sur son lit, Georgette cogitait en fumant une cigarette. Le break de la veille au Coq-sur-Mer lui avait fait du bien et il lui semblait que ses idées étaient plus claires. Parfois il faut prendre du recul… Magritte, accoudé au balcon, regardait un cheval courir sur la plage. Son cavalier, un grand maigre, ressemblait au *Grand Macabre* de Michel de Ghelderode[1]. Il avait l'air de surgir d'un pays imaginaire où ce charmant personnage chevauchant un canasson ivre mort annonçait la fin du monde.

Quand sa maîtresse se grillait une cigarette, Loulou s'éloignait. Là, elle s'était réfugiée sous les couvertures. N'appréciait pas la fumée, ça la faisait tousser. Georgette savait ce que pensait son mari à cet instant. Sa maison de la rue des Mimosas commençait à lui manquer. Surtout son chevalet. René aimait la mer, mais pas trop longtemps. Il avait besoin de son nid… de ses petites habitudes, comme de gober des œufs crus : «Je fais pareil que les coureurs à bicyclette, disait-il, qui prennent des œufs

1. *La Balade du Grand Macabre*, de Michel de Ghelderode, auteur dramatique fabuleux, petit fonctionnaire fumant la pipe et qui écrivait pendant ses heures de bureau… Lire *Les Entretiens d'Ostende*, Verdier, 1996.

crus pour éviter les défaillances. » Retrouver ses livres, ses disques, entendre le son des pendules, aller jouer aux échecs au Greenwich ou boire une bonne bière avec ses amis à La Fleur en Papier Doré[1]… René aimait sortir de chez lui, mais préférait y rentrer !

En vacances, il était un peu comme *Le Jockey perdu*, le premier tableau important qu'il avait peint et estimait valable. Il disait qu'avec lui, il avait l'impression d'avoir trouvé sa voie. On y voyait une cavalière en pleine forêt, chevauchant un cheval coupé par les arbres, créant une illusion d'optique étrange. Georgette le ramena sur terre.

— René, j'ai pensé à quelque chose…

— Quoi, mon p'tit bibi ?

— Le dernier à avoir vu Daisy, à notre connaissance, c'est le Dr Tytgat. Il lui avait proposé de la ramener à l'hôtel alors qu'ils venaient de passer un moment à la terrasse du casino, et elle avait refusé, préférant rentrer à pied pour prendre l'air.

— Oui. Où veux-tu en venir ?

— On devrait refaire le même trajet.

— Mais on l'a déjà fait et on n'a rien trouvé. Pas un seul indice.

— Nous sommes peut-être passés à côté de quelque chose.

— Tu as raison, approuva Magritte. Si l'on se réfère à *La Lettre volée* d'Edgar Allan Poe, nous avons pu rater l'évidence. Lorsque les choses sont devant notre nez, nous avons parfois tendance à ne pas les remarquer. L'esprit humain est habitué à prendre des chemins tordus, alors qu'il suffit la plupart du temps d'aller tout droit. C'est ce que m'avait dit aussi l'amie de Jefke, Anneke, qui est juge à Bruxelles…

---

1. Cet incroyable bistrot, resté dans son jus, fréquenté par Magritte et les surréalistes, existe toujours à Bruxelles, 55, rue des Alexiens.

— Ah oui, et qui roule en 2CV. Paraît que son chat s'appelle Ernest !

— C'est elle oui, eh bien sa théorie, que je trouve intéressante, c'est qu'il faut toujours aller au plus simple. Elle sait de quoi elle cause, elle en a traité des affaires !

Pendant le copieux petit déjeuner, « Et pour madame Georgette ce sera de la confiture aux fraises avec ses tartines ? Et du café sans sucre bien entendu et gnagnagna… », René s'agaça de toutes ces simagrées et il s'amusa à singer le garçon de café dès qu'il avait le dos tourné. Georgette, ravie, baignait dans un nid de plumes, princesse dans sa robe à petits pois. *Bientôt,* pensa René, *elle va se mettre à roucouler ! Il est temps qu'on rentre à la maison, elle va prendre de mauvaises habitudes.*

Le ventre bien rempli, les Magritte firent une balade digestive jusqu'au casino, empruntant le chemin des dunes. Toute guillerette, Jackie trottinait à côté d'eux en levant parfois le museau pour regarder planer ces drôles d'oiseaux blancs, bien plus gros que ceux de son jardin, et qui poussaient des cris de bébé. Elle se demandait s'ils ne se moquaient pas d'elle parce qu'elle ne savait pas voler ! Elle décida de ne plus y prêter attention et de continuer sa promenade, la truffe en alerte. Snif, snif, snif…

Ses maîtres passèrent près d'un bunker et René hâta le pas. N'aimait pas tout ce qui lui rappelait la guerre.

Les Magritte continuèrent leur chemin, jusqu'à ce que, inquiète, Georgette se retourne et ne voie plus sa chienne adorée. Panique à bord ! René sentit une boule dans sa gorge.

Ils l'appelèrent. « Loulou ! Loulouuuuu ! » Mais le vent emporta leurs cris, bateau qui coule dans la mer.

67.

Magritte et Georgette entendirent Loulou aboyer comme une pétée dans le bunker. On aurait pu croire qu'elle avait trouvé un os de mammouth ! Une partie du sable des dunes avait bouché l'entrée et il ne restait qu'une petite place pour y accéder. René se mit à gratter et, au bout d'un moment, il parvint à se frayer un passage.

— Reste là mon p'tit bibi, je vais ramener Loulou.

— Pas question que je te laisse aller tout seul là-dedans ! décréta Georgette.

René savait qu'il était inutile d'insister, quand elle avait une idée en tête, c'était pas ailleurs. Et elle le suivit.

Magritte avança en éclaireur. En bon détective, il avait toujours sa loupe dans la poche de sa veste et sa lampe de poche sur lui. Il faisait sombre et humide. Lugubre, aussi…

— C'est pas le genre d'endroit où tu as envie de faire un pique-nique, lâcha Georgette.

Plaisanter réduisait sa peur. Elle avait souvent eu recours à l'humour pour dédramatiser des situations difficiles. Et ça marchait ! Loulou continuait d'aboyer telle une forcenée.

Lorsque René découvrit sa chienne, il poussa un cri ! Elle venait de dénicher un cadavre enseveli sous des gravats. Loulou avait gratté et mis à nu son visage. En braquant sa lampe, René reconnut Daisy Fox, qui n'était plus que l'ombre d'elle-même. Plus rien à voir avec la jolie femme souriante sur les photos ! Elle avait le teint terreux, les cheveux gras plaqués sur ses joues et les yeux vitreux, comme si les oiseaux de la mort s'y étaient nichés après avoir rongé ses paupières… Il dégagea un peu le haut du corps.

— Seigneur ! s'exclama Georgette. La pauvre ! Qui a bien pu faire ça ?

Elle ne put s'empêcher de penser à la robe de nuit mauve qui avait changé de place dans la villa de Rosa Velours pour être étalée sur le lit, imitant une dépouille entourée de pétales séchés. Morte. Celui qui avait fait cette mise en scène était sûrement l'assassin de Daisy. Alors pourquoi l'avait-il abandonnée ici, dans cet endroit sinistre ?

Une main apparut parmi les gravats. Elle ressemblait à un de ces crabes recroquevillés gisant sur la plage.

— On dirait qu'elle est crispée sur quelque chose, fit remarquer René.

Et il écarta les doigts devenus rigides, faisant craquer les os. Cela lui rappela les pattes de poulet avec lesquelles il s'amusait à effrayer ses frères quand il était gamin. Il courait derrière eux en tirant sur le nerf, de telle sorte que les doigts avaient l'air de se détendre tout seuls.

— Regarde ! s'exclama Georgette, quelque chose brille dans sa main !

Magritte en extirpa une petite clef dorée…

68.

Loulou était fière d'avoir trouvé un trésor dans la niche en béton. Pour une fois que ses maîtres la laissaient gambader sans sa laisse, elle en avait profité pour faire des fouilles. Ce qui l'avait alertée, c'était cette odeur… La même que celle piquée par sa dadame dans la chambre de cette niche pourrie et dont elle s'était aspergée. Ça sentait le bonbon. Mais les humains n'ont pas assez de flair pour renifler les effluves après plusieurs jours. C'était pas évident parce que c'était mélangé à une puanteur, comme du rat crevé.

Magritte avait laissé la petite clef dans la main de Daisy, estimant qu'elle pouvait constituer un indice pour la police.

— Je sais d'où elle provient ! s'était exclamée Georgette sur le chemin du retour. Le concierge de l'hôtel a la même cousue sur sa veste. C'est pour ça qu'on l'appelle l'« homme aux clefs d'or ».

— C'est étrange, quel rapport peut bien avoir ce concierge avec Daisy ?

— Il faut d'abord s'assurer que cet insigne est bien le sien. Logiquement, il doit avoir deux vestes, pour quand il y en a une de sale. Il suffit de voir si une clef manque sur l'une d'elles… Après, on en tirera les conclusions.

Pas à pas comme disait mon père. Dis, tu te souviens que j'avais rêvé de Daisy enfermée quelque part ?

Magritte sourit. Ses rêves à lui étaient éveillés et donnaient naissance aux images de ses peintures.

La stratégie adoptée fut que Georgette attendrait seule dans le couloir que la femme de chambre nettoie celle du concierge, pour lui tenir le crachoir. Pendant ce temps, René en profiterait pour s'introduire dans la penderie et fouiller.

Ils savaient où le concierge créchait car ils l'avaient déjà vu sortir de sa chambre. Tout le personnel était logé à leur étage, au bout du couloir.

Ce ne fut pas bien compliqué ! Georgette sauta sur la soubrette en train de chercher des draps propres sur son chariot devant la porte ouverte de l'antre du concierge. L'idée était de l'attirer ailleurs en laissant tout en plan.

— Mon Dieu, quelle chance de vous trouver là ! s'écria Georgette, prenant un air affolé. Ma chienne est enfermée et René est parti se promener avec la clef ! Vous avez bien un double ?

— Évidemment, ne vous inquiétez pas, je viens vous ouvrir.

Il ne fallait pas que ça aille trop vite. Georgette entreprit une conversation sur la fin tragique du Dr Tytgat, toute la ville de Knokke est secouée avec cette triste nouvelle, le connaissiez-vous ? Et sa pauvre femme, et ses enfants, quelle affaire… et tchatchatcha. En plus, chaque fois qu'elle parlait Georgette s'arrêtait comme si elle était incapable de prononcer le moindre mot en marchant. Fallait gagner du temps !

René, lui, fouillait… Ce ne fut pas très compliqué de trouver la veste, à laquelle il manquait effectivement un écusson avec la clef d'or… Mais le plus surprenant restait à venir…

69.

René avait déniché une machine à écrire portative cachée au-dessus de l'armoire… Que pouvait bien faire le concierge avec ça ? Écrivait-il un roman ? *Les Mémoires de l'homme aux clefs d'or…* Magritte faillit la remettre à sa place quand il se souvint que la lettre envoyée par Daisy à son mari avait été dactylographiée et qu'il manquait les x. Il chercha un papier et l'inséra dans la machine, puis tapa sur la touche x. Rien !

— Nom d'une pipe, mais c'est bien sûr ! s'exclama-t-il.

C'était donc là-dessus que Daisy avait écrit sa lettre ou, plus plausiblement, avait été contrainte de l'écrire.

Il la reposa au-dessus de l'armoire et jeta un coup d'œil dans le couloir avant de s'éclipser.

Il tenait le coupable ! Restait à savoir pourquoi il avait assassiné Daisy Fox.

Lorsqu'il rejoignit Georgette, celle-ci se trouvait toujours devant la porte de leur chambre en train de papoter avec la bonne.

— Ah te voilà, le gronda-t-elle, tu es parti avec la clef et Loulou est enfermée. Quel distrait ! Ah ces artistes, je vous jure… Je suis vraiment désolée de vous avoir dérangée pour rien.

— Ce n'est pas grave, j'aime bien rendre service.

— C'est pas comme le concierge, enchaîna René, il est plutôt du genre grognon. Vous m'aviez dit qu'il avait eu des peines de cœur, ou j'ai mauvaise mémoire ?

— C'est vrai, rougit-elle. Il était plus sympathique avant.

— Avant quoi ?

— Il a eu un gros chagrin d'amour. On l'a tous remarqué, mais il n'est pas causant et personne n'en sait plus à ce sujet.

— Et ça fait longtemps ? demanda Magritte.

— Oh, depuis les vacances de l'année passée. Il avait l'air d'aller un peu mieux, mais cet été c'est pire !

— Il l'a peut-être revue, se hasarda Georgette.

— Peut-être… Bon, je vous laisse, j'ai des chambres à nettoyer.

Et elle tourna les talons, soudain pressée de se remettre au travail. On aurait dit que ces questions la mettaient mal à l'aise.

René s'empressa d'ouvrir la porte et Loulou leur sauta dessus. Elle n'avait pas été longtemps seule, mais les animaux n'ayant aucune notion du temps, c'est pareil que s'ils étaient partis pendant des heures ! *Mes maîtres m'ont abandonnée, bande d'ingrats !*

Magritte entraîna sa femme sur le balcon. Plus discret, au cas où les murs auraient des oreilles… Loulou les suivit, de crainte qu'ils s'envolent avec les cerfs-volants et la laissent de nouveau à son triste sort.

— Alors raconte ! s'impatienta Georgette.

— C'est lui !

— Oh ! ! !

— Il lui manque la clef sur sa veste, mais c'est pas tout…

Il aimait faire durer le suspense.

— Ben vas-y !

— J'ai trouvé la machine à écrire de Daisy au-dessus de sa garde-robe !

— Comment tu sais que c'est la sienne ? s'enquit Georgette qui se faisait souvent l'avocat du diable.

— D'abord, quel usage aurait le concierge d'une machine à écrire ?

— Il pourrait rédiger ses mémoires !

— Un peu jeune, à mon avis... J'ai tapé sur le x et ça ne s'imprimait pas. Tu te rappelles que la lettre de Daisy Fox ne comportait pas de x ?

— Bien sûr ! Ça alors ! Tu crois que c'est elle, son grand chagrin d'amour ?

— M'en a tout l'air, opina René.

— Ce qui explique pourquoi elle n'avait pas cité l'hôtel de la Plage dans son article consacré aux bons endroits de Knokke.

— On a l'assassin de Daisy. Je vais appeler les flics d'une cabine.

— Tu vas dire qui tu es ? s'enquit Georgette.

— Absolument pas ! Je les connais les policiers, ils vont penser que c'est moi le coupable. Et après ils vont nous cuisiner. Je vois déjà les titres dans les journaux : « Le couple diabolique a semé des indices dans la chambre du concierge de l'hôtel de la Plage pour maquiller le meurtre d'une journaliste anglaise dévorée par leur chienne jalouse ! »

Georgette se mit à rire. Et s'en voulut aussitôt. Là-haut dans les nuages, elle entendait sa grand-mère la réprimander : *On ne rit pas de ça !*

— Mais alors René, qui a tué le Dr Tytgat et Roger Doorman ?

70.

Magritte trouva une cabine téléphonique sur la digue et appela la police pendant que Georgette buvait un café à la terrasse de l'hôtel en l'attendant, Jackie lovée à ses pieds. Elle vit que le concierge la regardait avec insistance et elle lui sourit. Soupçonnait-il quelque chose ?

Il était difficilement concevable que cet homme au charme indéniable, rappelant un peu Dirk Bogarde, soit un assassin. Il avait ce petit quelque chose d'impénétrable et silencieux, voué aux amours désespérées, aux saveurs des larmes romantiques. Des larmes au goût de sang…

Au téléphone, René fit un résumé de l'histoire et termina par :

— Vous n'avez plus qu'à aller cueillir le coupable, qui est le concierge de l'hôtel de la Plage.

— Monsieur, qui êtes-vous ?

— Nick Carter, répondit Magritte.

Et il raccrocha.

Il sortit de la cabine et contempla la mer. Au fond de sa poche, il avait gardé la clef trouvée sur le môle. Comme un trophée. Ou un indice…

La reverrait-il, cette étrange créature qui semblait sortie de son monde imaginaire ou de ses souvenirs de gosse pour semer des perles de lune ? Était-ce l'Alice de Lewis

Carroll ? Ou cette petite fille avec laquelle il jouait enfant dans le cimetière désaffecté de Soignies ?

René rejoignit Georgette et ils attendirent l'arrivée de la police. En toute logique, les flics avaient dû d'abord aller au bunker. Une heure plus tard, les sirènes firent leur tintamarre devant l'hôtel, projetant les flammes de l'enfer sur la façade et perturbant la quiétude des braves touristes, qui se ruèrent pire que des mouches sur cet événement. « Que se passe-t-il ? » entendait-on.

Planqués dans leur petit coin, les Magritte assistaient au spectacle, assis côte à côte, Loulou collée à sa « maman »…

— Mieux qu'au cinéma bleu ! souffla Georgette.

Peu de temps après, ils virent le commissaire de police embarquer le concierge, qui jouait à l'offusqué et claironnait qu'il s'agissait d'une erreur judiciaire. Au passage, il jeta un coup d'œil furtif à Georgette, qui baissa les yeux. *Si rien qu'en fermant les paupières on pouvait effacer les images qui nous blessent, la vie serait un conte de fées. Une illusion d'optique*, pensa-t-elle.

René passa son bras autour des épaules de sa femme et la serra d'un air complice.

— Quand même, fit-elle en caressant Loulou, on a un bon chien policier !

— Je dirais même plus… On a un bon chien policier.

Jackie eut droit à un spéculoos.

— Il y a de bons moments dans l'existence, conclut Magritte en regardant s'éloigner les voitures de police avec le coupable à bord.

71.

Dernier jour de vacances.

René et Georgette avaient préparé leurs bagages et ils descendirent pour prendre le petit déjeuner. Dans la salle du restaurant, on ne parlait que de l'affaire de l'homme aux clefs d'or ! Magritte saisit un journal sur une table, titré :

L'assassin de Daisy Fox passe aux aveux.

Le concierge avouait avoir tué Daisy, son mari et son amant par jalousie. Il était tombé fou amoureux d'elle, or l'année suivante elle l'avait tout simplement ignoré. Il avait disjoncté. Un crime passionnel est-il plus pardonnable ?

Voilà pourquoi, pensa René, *cet homme avait le regard fuyant.* Dès le départ il ne l'avait pas trouvé sympathique, mais si tous les grincheux étaient des assassins, le monde serait une poudrière !

La dernière journée à Knokke-le-Zoute fut ensoleillée. René et Georgette se baladèrent le long de la mer, les pieds dans l'eau, avec Loulou qui reculait face à chaque vague, la trouillarde !

Magritte glissa un coquillage dans sa poche, près de sa pipe. Une manie d'enfant. Il n'avait guère le culte des souvenirs, n'aimait pas la nostalgie. Mais peut-être faisait-il cela pour garder des traces, au cas où un jour sa mémoire lui échapperait ?

Le trajet en train fut calme et Magritte s'endormit, son chapeau boule sur les yeux. Il était content de rentrer au bercail !

À leur retour à Bruxelles, Jefke leur apprit que l'autopsie de Daisy Fox avait révélé qu'elle était enceinte. Ce qui expliquait son désir de voir le Dr Tytgat quitter sa femme. Mais l'argent, souvent, étouffe le cœur.

Georgette et Magritte reprirent leur petite vie tranquille dans la maison de la rue des Mimosas. René retrouva ses pinceaux et son chevalet avec la joie d'un gosse. Et Loulou son panier douillet. Georgette avait encore du sable dans ses souliers. Le coq en plâtre fut posé sur la cheminée auprès du tableau de Magritte *Les Pas perdus*, où l'on voyait un grand aigle noir figé entre des montagnes. Georgette, ça lui faisait penser à cet homme qui avait tué parce qu'il n'avait pu obtenir ce qui lui échappait. Un homme triste qui avait perdu son chemin.

Elle enleva le tableau. Il lui flanquait le cafard. Elle le remplaça par un portrait d'elle nue, tenant une rose, avec la mer en arrière-plan. Souvenir de vacances. Regard amoureux de son homme.

Parce qu'il ne faut garder que les belles choses.

Et si vous passez rue des Mimosas à Bruxelles, sous un ciel étoilé, peut-être verrez-vous, à la lueur d'un réverbère, une silhouette qui vous semblera familière, promenant sa petite chienne.

« Le dos un peu voûté, le chapeau melon sur la tête, petit à petit noyé dans les brumes du soir, emportant dans la poche de son pardessus la clé du mystère[1]. »

FIN

---

1. Émile Langui. Extrait d'un texte paru dans le catalogue *Rétrospective de René Magritte*, Tokyo, 1971.

Note de l'auteur

J'ai toujours eu une passion pour René Magritte et j'ai eu la chance de rencontrer sa femme, Georgette, qui m'avait invitée dans leur maison à Schaerbeek. Magritte était déjà parti dans les étoiles. Ceci n'est pas une biographie de Magritte, mais une fiction sortie de mon chapeau boule. J'ai essayé de rendre les personnages le plus fidèles possible à l'idée que j'en ai à travers leurs pensées, les interviews et les écrits qui parlent d'eux. Je les ai plongés dans mon univers, en espérant que là-haut ils me regardent d'un air amusé et bienveillant. Magritte étant passionné d'histoires de détectives, j'ai pensé qu'il aimerait mener des enquêtes. Une manière de continuer à vivre à travers ma plume. Pardon à ceux qui l'ont connu et en ont une autre vision. Je crois cependant ne pas avoir trahi ce couple mythique et attachant. Mon but est d'écrire des énigmes qui captivent, amusent et, en même temps, dévoileront plein d'anecdotes vraies et de pensées de cet artiste mondialement connu et hors du commun. Et que ceux qui ne le connaissent pas aient envie de découvrir ses tableaux qui intriguent tant.

« Il y a trois histoires : la mienne, la tienne et la vérité » (Andrew Loog Oldham).

Petite bibliographie

Bernard Noël, *Magritte*, Flammarion, 2008.

Jacques Roisin, *René Magritte. La première vie de l'homme au chapeau melon*, Impressions nouvelles, 2014.

Michel Draguet, *Magritte*, Folio Gallimard, 2014.

René Magritte. Écrits complets, coll. dirigée par Bernard Noël, Flammarion, 2001.

René Magritte. Lettres à André Bosmans. 1958-1967, Seghers/Isy Brachot, 1990 (une mine !).

Anne Durand, *René Magritte. Le double sens des images*, Édilivre-Aparis, 2016.

Bernard Marcadé, *Magritte*, Citadelles et Mazenod, 2016.

Eva Bester, *Léon Spilliaert*, Autrement, 2020.

Patrick Roegiers, *Magritte et la photographie*, Ludion, 2005.

Louis Scutenaire, *Avec Magritte*, L'Atelier contemporain, 2021.

Musée Magritte, éditions Beaux Arts-Fondation Magritte.

Ainsi que toutes les interviews de Magritte.

Remerciements

Mes plus vifs remerciements à :

Mon éditeur Glenn Tavennec pour sa confiance ; mon ami et agent Patrick Leimgruber qui m'évite de me noyer dans la mer ; Nathalie Théry pour sa relecture attentive et sa gentillesse ; Alain Berenboom, mon ange gardien et le papa de Jefke notre *ketje* bien aimé ; merci à Charles Herscovici et Michel Draguer ; Gérard Collard *forever* et parce qu'on aime Tintin tous les deux ; André Stas, le plus génial des Belges ; Bernard Noël que j'aime pour toujours ; mon nuage bleu Jean Marchetti ; mon ami et œil de lynx Serge Vanderspiegel, hein m'chou ? ; *My dear* Lucas Fox, *love* et vive Motörhead ! ; André Bosmans ; Marie Lippens ; mon camarade de classe et de savoureuses bêtises Dominique Maricq pour ses pépites concernant Tintin et Hergé ; Michel Ducobu, mon cher prof de français, pour les traces de nos pas à jamais gravées dans le sable ; mes amis normands Patrice et Stéphanie Dary ; ma sœur de cœur Anne Gruwez ; mon Chilleke d'amour, mon fils Geordy qui m'offre de magnifiques livres qui m'aident beaucoup dans mes recherches ; et mon fils Raphaël, parce que chez lui, il a un poster de Magritte ! Je les adore ! Mon mec pour tout ; et mon petit Léon caché sous mon chapeau boule.

Merci aussi à tous mes lecteurs, libraires, représentants, attachées de presse et tous ceux qui font vivre les livres.

PARUS DANS

LA BÊTE NOIRE

KATERINA AUTET

La Chute de la maison Whyte (Grand Prix des Enquêteurs 2020. Prix littéraire de la Renaissance française 2020)

CÉDRIC BANNEL

Baad (Prix du Meilleur polar des lecteurs de Points 2017)

Kaboul Express

JACQUES-OLIVIER BOSCO

Brutale

Coupable

RHYS BOWEN

Son Espionne royale

Tome 1, *Son Espionne royale mène l'enquête*

Tome 2, *Son Espionne royale et le mythe bavarois*

Tome 3, *Son Espionne royale et la partie de chasse*

Tome 4, *Son Espionne royale et la fiancée de Transylvanie*

Tome 5, *Son Espionne royale et le collier de la reine*

Tome 6, *Son Espionne royale et les douze crimes de Noël*

Tome 7, *Son Espionne royale et l'héritier australien*

FRANCK CALDERON, HERVÉ DE MORAS

Là où rien ne meurt

JULIA CHAPMAN
Les Détectives du Yorkshire
Tome 1, *Rendez-vous avec le crime*
Tome 2, *Rendez-vous avec le mal*
Tome 3, *Rendez-vous avec le mystère*
Tome 4, *Rendez-vous avec le poison*
Tome 5, *Rendez-vous avec le danger*
Tome 6, *Rendez-vous avec la ruse*

KAREN CLEVELAND
Toute la vérité

DANIEL COLE
Ragdoll
Tome 1, *Ragdoll* (Prix Griffe noire du polar de l'année 2017)
Tome 2, *L'Appât* (Prix Bête noire des libraires 2018)
Tome 3, *Les Loups*

SANDRONE DAZIERI
Tu tueras le Père
Tu tueras l'Ange
Tu tueras le Roi

LARA DEARMAN
La Griffe du diable
L'Île au ciel noir

INGRID DESJOURS
Les Fauves
La Prunelle de ses yeux

CLAIRE FAVAN
Serre-moi fort (Prix Griffe noire du meilleur polar français 2016)

Dompteur d'anges
Inexorable

REBECCA FLEET
L'Échange
La Seconde Épouse

DOMINIQUE FORMA
Coups de vieux

AMY GENTRY
Les Filles des autres
De si bonnes amies

PATRICE GUIRAO
Le Bûcher de Moorea
Les Disparues de Pukatapu

L. S. Hilton
Maestra
Domina
Ultima

INGAR JOHNSRUD
Les Adeptes
Les Survivants

ELIZABETH KEY
Sept Mensonges

MATHIEU LECERF
La Part du démon

SARA LÖVESTAM
Chacun sa vérité (Grand Prix de littérature policière 2017, domaine étranger. Prix Nouvelles voix du polar 2018, roman étranger)
Ça ne coûte rien de demander
Libre comme l'air
Là où se trouve le cœur

FABIO MITCHELLI
Une forêt obscure
Le Tueur au miroir
Le Loup dans la bergerie

NADINE MONFILS
Les folles enquêtes de Magritte et Georgette
Nom d'une pipe !

NICOLE NEUBAUER
Sous son toit

VINCENT ORTIS
Pour seul refuge (Grand Prix des Enquêteurs 2019)
Patiente

GIN PHILLIPS
Le Zoo (Prix Transfuge du meilleur polar étranger 2017)

ANTOINE RENAND
L'Empathie (Prix des lecteurs Gouttes de Sang d'Encre 2019. Prix Nouvelles voix du polar 2020, roman français)
Fermer les yeux

FABRICE ROSE
Tel père, telle fille (Prix Bête noire des libraires 2020)

RYDAHL & KAZINSKI
La Mort d'une sirène

ROMAIN SLOCOMBE
La Trilogie des collabos
L'Affaire Léon Sadorski (Prix Libr'à Nous 2017, catégorie polar)
L'Étoile jaune de l'inspecteur Sadorski
Sadorski et l'Ange du péché
La Trilogie de la guerre civile
La Gestapo Sadorski

THIBAUT SOLANO
Les Noyés du Clain

ILARIA TUTI
Sur le toit de l'enfer (Prix Bête noire des libraires 2019
Prix Nouvelles voix du polar 2020, roman étranger)
La Nymphe endormie

HARRIET TYCE
Blood Orange

ANNETTE WIENERS
Cœur de lapin

Imprimé en France par CPI
en mai 2021

N° d'édition : 61824/01 – N° d'impression : 3043817

Canoros
Vehit
Canentes